João donizete

O ALEGRE DRAMÁTICO

ENTRE O LÚDICO E O REAL

COLEÇÃO NOVOS TALENTOS DA LITERATURA BRASILEIRA

novo século®

São Paulo, 2013

Coordenação editorial Letícia Teófilo
Diagramação Claudio Tito Braghini Junior
Capa Monalisa Morato
Revisão Daniela Santos
Fabrícia Romaniv
Novo Século

Texto de acordo com as normas do Novo Acordo Ortográfico da Língua Portuguesa (Decreto Legislativo nº 54, de 1995)

Dados Internacionais de Catalogação na Publicação (CIP)
(Câmara Brasileira do Livro, SP, Brasil)

João Donizete
O alegre dramático: entre o lúdico e o real /João Donizete -- Barueri, SP: Novo Século Editora, 2013.(Coleção Novos Talentos da Literatura Brasileira)
1. Romance brasileiro I. Título. II. Série.

13-11207 CDD-869.93

Índices para catálogo sistemático:

1. Romances : Literatura brasileira 869.93

2013
IMPRESSO NO BRASIL
PRINTED IN BRAZIL
DIREITOS CEDIDOS PARA ESTA EDIÇÃO À
NOVO SÉCULO EDITORA
CEA – CENTRO EMPRESARIAL ARAGUAIA II
Alameda Araguaia, 2190 - 11º andar
Bloco A – Conjunto 1111
CEP 06455-000 - Alphaville Industrial - SP
Tel. (11) 3699-7107 – Fax (11) 3699-7323
www.novoseculo.com.br
atendimento@novoseculo.com.br

Dedico a todos que participam dos fenômenos atmosféricos de minha alma; em especial a minha esposa, Cléia Caetano, e a meus filhos, Heric Selton e Anna Júlia.

SUMÁRIO

O TEMPO

O tempo passa, os brinquedos quebram, o remendo já não basta.

Os anos voaram depois dos nove meses.

O primeiro riso, o primeiro passo e a primeira fala.

Os descobrimentos se intensificando nos sentidos.

O mundo morre rápido e eu não posso parar para velá-lo, pois preciso estar no seu renascimento.

A canção é linda, mas não sei cantar!

Houve um tempo em que cantei, quando ainda não sabia falar.

Meus primeiros sons eram mantras que eu oferecia à minha mãe, quando me alimentava em seus seios. Seus olhos grandes, claros e brilhando falavam-me de minha beleza.

Eu, gordinho e risonho, segurava um dos pezinhos enquanto mamava.

Sempre que me aproximava da minha mãe, ouvia um coração batendo, marcando o tempo. Aquele coração que me ensinou a reflexão e quase tudo na vida, não me ensinou a morrer. Tudo nasce, cresce, dá fruto, envelhece e morre em minha volta.

O tempo passa e se acelera a cada instante, cada vez mais rápido.

Hoje, não vivo mais o tempo de um coração materno, e sim um momento marcado pelos sons do cosmo e adverso aos meus desejos.

Aqueles olhos grandes, claros e brilhantes, agora são os meus olhos quando tento falar do tempo que passa a cada respiração.

Não tenho idade, não faço aniversário, vivo sem medo e sem pressa.

O tempo, mestre de todo saber, me conduz na verdade do silêncio.

"O mesmo tempo que traz a virilidade, castra o princípio masculino de todas as coisas."

Pacientemente, sigo o mestre entre cada nascer e pôr do sol, quando a natureza se move harmoniosa.

O eterno renascer, quando o homem se torna criança diante dos mistérios.

A finita consciência humana perante a perplexa infinitude do tempo.

Longe se vão meus primeiros sonhos, hoje despovoados de proteção dos meus entes queridos que com meus sonhos se foram.

Eu, minhas ideias, minha espécie e meu planeta, também se desintegram no tempo.

E o que fica de tudo isso, senão o próprio tempo, o mestre de todos os mestres.

Todo começo traz um desafio. É tempo de conhecer, de aceitar ou recusar, de definir interesses e de criar resistências. Não daríamos o primeiro passo se não ousássemos desafiar os nossos limites. As dificuldades vencidas do início imunizam nossas convicções do futuro. Soltar os dedos da mãe e correr incontinente sem marcar território nem medir o infinito. Iniciar uma vida e vivê-la em sua plenitude! Abrir caminhos, pisar o chão com firmeza e fazer história.

RODOVIÁRIA

Rodoviária, Novo Rio, Rio de Janeiro.

Um ônibus interestadual chega ao box número nove. No letreiro, lê-se a origem da viagem: Brasília x Rio de Janeiro.

Os passageiros descem lentamente, cansados da longa viagem e um tanto atordoados.

Ao descerem, buscam com o olhar alguém, um amigo, um parente, uma pessoa que tenha vindo recepcioná-los. O reencontro é um momento tão caloroso que, se pudéssemos eternizá-lo, o faríamos com abraços, beijos e querer mútuo. Uma circunstância em que o amigo é mais amigo, o parente não tem defeitos e o sorriso é verdadeiro.

"Ah! Que saudades, que delícia! A saudade é uma das energias mais gostosas que já experimentei!", ouvi alguém dizer.

Os passageiros, um a um, vão ao bagageiro e retiram suas malas repletas de sonhos, de esperanças e anseios. Sorridentes, atravessam o portal da rodoviária e fluem em uma cidade que devora inocentes.

O último a descer do ônibus sou eu.

Minha juventude me permitia um melhor condicionamento físico diante dos demais passageiros que, em sua maioria, eram idosos. Ninguém esperava por mim, eu estava só e toda minha bagagem se resumia a uma mochila presa às minhas costas. Ajeitei com o indicador direito os óculos escuros sobre os olhos e me dirigi a uma fileira de táxis que esperavam por passageiros.

Dentro do táxi, pedi ao motorista que me levasse à Praça Saens Peña, na Tijuca. Ainda nas proximidades da rodoviária, avistei ao longe o Cristo Redentor, de braços abertos, perene! Subi um pouco os óculos dos olhos para a testa e revelei ao Rio um par de olhos azuis que denunciavam em brilho minha emoção por estar na Cidade Maravilhosa. Em meu rosto, uma expressão inocente de quem começava a descobrir a vida. Eu tinha apenas dezoito anos de idade e o desejo da existência infinita.

"Sou feliz!", pensei. Fechei os olhos e senti a extensão de minha alma passear por sobre a Cidade Maravilhosa. Visitei em um voo fantástico a baía da Guanabara, o Pão de Açúcar e o Corcovado. Toquei na areia escaldante de suas praias, visitei seus museus e abracei o Cristo.

— É a primeira vez que vem ao Rio de Janeiro? — perguntou o taxista, observando o meu fascínio.

— Sim! É a primeira vez!

— Esta é a cidade maravilhosa que o mundo inteiro deseja conhecer — falou o taxista.

— No Rio de Janeiro, cada olhar é um encantamento, uma contemplação ao belo. Aqui você poderá viver eternamente e terá sempre algo de novo para descobrir, terá sempre um ângulo diferente para ver a cidade. Para onde você olhar, verá algo que o deixará fascinado. Esta cidade nos oferece, a cada dia, uma outra perspectiva de vida. E renova nossas esperanças em cada esquina. Você pode fechar os olhos e girar para qualquer lado, e sempre que os abrir, estarão voltados para um quadro de rara beleza, que estimula o coração e acende o desejo de amar e de se entregar ao prazer, ao sabor de viver aqui.

— A natureza aqui é bastante generosa — observei.

— Sim, a natureza carioca com sua harmonia passional criou o Corcovado, pedestal dos deuses, as praias, as ilhas e tudo que forma a referência de nossa gente. São preciosidades que o Rio de Janeiro oferece a quem vive ou passa por aqui.

O táxi seguia lentamente pela cidade.

O motorista não parava de falar, ia repassando todo tipo de informação.

Ao passar pela Avenida Presidente Vargas, nas proximidades do sambódromo, o carro estava seguindo tão lentamente que atrapalhava o trânsito local.

— Aqui é a passarela do samba — disse-me o taxista —, onde o Carnaval das escolas de samba é apresentado em um grande desfile. O carnaval carioca é um mundo paralelo que domina a cidade por cinco dias consecutivos todos os anos. O Carnaval dá uma arrefecida no estresse de toda a população, nos obrigando a provar de um remédio produzido pela cultura do nosso povo. São cinco dias que nos fazem dignos da pessoalidade carioca e que nos arremessam a um mundo de alegrias.

— Você já desfilou na passarela do samba? — perguntei curioso.

— Não, minha relação com o Carnaval é apenas de expectador. Prefiro assistir da arquibancada, onde o público também se torna parte do espetáculo. Normalmente assisto ao desfile da minha escola do coração e de duas ou três outras escolas, e depois volto para casa. Aproveito o que resta do feriado para descansar e estar com minha família.

Deixamos as imediações do sambódromo e logo estávamos no endereço em que eu ia ficar. Desci do táxi me sentindo um turista acidental. Eu estava meio sem chão e sem norte. O que eu tinha de sobra era o imenso futuro que pertence e é próprio da juventude.

Quando um jovem lança ao mundo suas intenções, ele ignora as barreiras. Para um jovem, tudo parece fácil. O pior obstáculo é facilmente contornável, os limites são sempre renováveis e um dia não tem apenas vinte e quatro horas. A energia de um jovem pressupõe o infinito da alma.

VERÃO CARIOCA

Alguns dias se passaram desde a minha chegada ao Rio de Janeiro. O verão carioca derretia minhas têmporas. Eu estava acostumado ao clima de Brasília, que em média é de vinte e dois graus. Aqui, todo meu corpo estava vertido em um suor incessante. Parecia que toda a cidade era uma estufa programada para derreter os meus neurônios. Eu já não conseguia mais raciocinar, não me alimentava, pois não tinha fome, bebia jarros e mais jarros de água e sucos naturais. Aos poucos fui me adaptando, me acostumando com aquela fornalha úmida que cozinhava aos quarenta graus.

Passei os primeiros dias olhando a cidade pela janela. Até onde meus olhos me levaram, procurei me familiarizar. Eu buscava um caminho linear que me conduzisse pelas vias daquela sociedade. Precisava encontrar o meu espaço e não sabia por onde começar. Uma vida nova dependia de muita atitude pessoal, porém, eu não conseguia discernir uma perspectiva que pudesse me levar além do tédio que aos poucos me dominava.

De manhã eu descia, ia à padaria da esquina e comprava pão. Na mesma esquina, do outro lado da rua, tinha uma banca de revistas que cheirava mal. Era uma espécie de banheiro público e infame dos transeuntes da madrugada. Por mais que o italiano dono da banca limpasse e jogasse desinfetante, o mau cheiro persistia. Ali eu comprava o jornal e uma revista local, com foco na política comunitária. Voltava para o apartamento e lia o jornal, a revista, comia alguma coisa e esperava o dia passar. A minha função ali era apenas zelar por um ateliê de pintura. O pintor vivia na Europa e mantinha esse ateliê como base no Brasil. Eu não tinha muito o que fazer, limpava a poeira aqui e ali, e como o aspecto do ateliê era próprio de uma galeria de artes, eu não movia nada do lugar, deixava tudo em suas posições de amostra.

Porém, o que me parecia fácil, em pouco tempo se tornou profundamente entediante. O ócio tomou conta dos meus dias. Eu andava de um lado ao outro dentro do apartamento, feito um leão enjaulado. A ansiedade aos poucos ia fomentando o desejo de me expor, sair, fazer contatos, aliar-me a pessoas. Tenho uma natureza ativa e gosto de trabalhar. O trabalho me faz sentir útil.

Quando criança, trabalhei na pizzaria de minha família. Entre uma brincadeira e os estudos, eu sempre arranjava uma horinha para ajudar meus pais. Não que eles exigissem o meu trabalho. É que eu gostava de estar ali junto das pessoas, ora limpando uma mesa, ora recolhendo e lavando os talheres. Mais tarde, aprendi a receber os clientes. Apresentava-lhes o cardápio e anotava o pedido. Em geral, os clientes gostavam do meu atendimento. Ao saírem, deixavam sobre a mesa uma boa gorjeta.

Certa vez, o Juizado de Menores esteve lá! E meu pai teve que se explicar. Lembro-me de tê-lo visto muito constrangido diante da arrogância daqueles homens de cara fechada e palavras curtas em tom de ameaça. Lembro, também, de ouvir meu pai dizer: "Meu filho tem um lar, tem uma família, tem os seus estudos e o seu lazer. E tem boa vontade para o trabalho." E fechou com uma frase que deixou todos sem argumento: "Não é da moral do Estado exigir do homem que se forme dentro do conceito da honestidade e do trabalho digno?" Porém, de nada adiantou o meu pai se explicar. Os fiscais aplicaram uma multa bastante pesada, por exploração de trabalho infantil. Acabaram, assim, ferindo a moral do meu pai e ofuscando o brilho que ele tinha nos olhos ao ver-me interessado pelo trabalho.

Hoje, longe do meu pai, guardo essas lembranças com orgulho. Pois, muitas vezes, ele apenas me deixou livre para que eu formasse o meu caráter à luz de seus olhos.

Naquela noite demorei a dormir, passei horas pensando: "Meus dias são livres, dá para arrumar outro emprego. Se é que alguém possa considerar esse tipo de ocupação um emprego".

No dia seguinte, passando por uma lanchonete observei um cartaz em que se lia: precisa-se de ajudante de cozinha.

A lanchonete não era tão grande, porém, era limpa, organizada e muito movimentada. Decidi, então, pedir o emprego. Eu precisava de um trabalho de verdade que me exigisse disciplina e que consumisse minhas energias. Além de me colocar na coletividade e facilitar a participação no meio social, ia fazer bem para meu corpo e minha mente.

Entrei na lanchonete e me dirigi a um homem que estava do lado de dentro do balcão. Era o dono da lanchonete, presumi. Ele aparentava ter pouco mais de quarenta anos, corpo atlético e tatuagens nos braços. Trazia um avental amarrado à cintura, no qual secava as mãos. Logo, demonstrando sensibilidade e simpatia, ouviu-me com atenção. E educadamente se apresentou:

— Pois bem, chamo-me Antonio Camilo. Nós estamos precisando de um ajudante de cozinha. Se você se interessa pelo cargo, podemos fazer um teste. Aqui dividimos a carga horária em dois turnos: o da manhã e o da tarde. A vaga existente é para o turno da manhã, das sete às quinze. Se você quer o emprego, esteja aqui amanhã às seis e meia e traga seus documentos.

Logo que constatei a possibilidade de estar empregado, o fogo da ansiedade me ferveu por dentro. Acho que pela primeira vez me fiz ser percebido no Rio de Janeiro. Todo o meu ser se fez visível, até mesmo minhas ilusões se manifestaram quando me expus à sorte. Sou um voluntário para a vida e tenho inclinação para ações de integridade. Encontro no trabalho as convicções que me fortalecem e me tornam digno.

O emprego na lanchonete me traria a possibilidade de um trabalho simples sem muita exigência e, também, o convívio com pessoas prudentes que, embora tendo pouco a me ensinar, certamente o fariam com prazer. Era o que eu precisava para o momento, já que minhas intenções para o futuro eram outras. Eu tencionava continuar os estudos e fazer um curso na área de Ciências Humanas, Filosofia ou Sociologia talvez.

Voltei para casa naquele dia com os sentimentos de um samurai, cujos preceitos são a base do espírito do guerreiro. Para um samurai, não há opção senão obter sucesso em seus objetivos.

Fechei o dia com uma vitória pessoal, uma pequena vitória, mas, uma vitória! A noite chegou e com ela o desejo de dormir logo. Pela primeira vez na vida eu quis que não houvesse uma noite entre o hoje e o amanhã. A ansiedade estava acima dos meus domínios e me deixara muito aceso. Normalmente, em uma situação de ansiedade intensa, costumava me concentrar ao máximo para ler um bom livro até que o sono me apanhasse e me levasse nos braços de Orfeu. Só que, desta vez, optei pelo sono compulsório. Deitei-me, apaguei as luzes e fechei os olhos. Como uma criança obrigada pelos pais a cumprir com o seu horário, dormi.

PRIMEIRO DIA NO TRABALHO

O dia ainda não havia se definido e lá estava eu à porta da lanchonete. Os funcionários foram chegando, um a um, e se dirigindo ao vestiário. Colocaram o uniforme e tão logo assumiram suas funções. A lanchonete abriu às sete horas em ponto.

O gerente da loja, o senhor Roberto, levou-me até o vestiário. Abriu um armário de aço, retirou da fechadura a chave, entregou-me e disse:

— Este é o seu armário. Aí dentro está um kit contendo o seu uniforme. Vista e vá até a cozinha.

Enquanto passava-me as instruções, alguém solicitou a sua presença e ele foi atender ao chamado.

Vesti-me, ajeitei a touca na cabeça e amarrei o avental. Sentindo aquela estranheza que incomoda, fui até a cozinha pensando: "Vou me acostumar com isto!". Quando entrei na cozinha, o gerente estava dando instruções a um homem, um negro alto, aparentando pouco mais de trinta anos de idade e de aparência tranquila.

O gerente apontou para mim e apresentou:

— Aquele é o Ângelo, o novo ajudante da cozinha. O homem aproximou-se de mim e, em gesto cortês, estendeu a mão para um cumprimento. Para mim, pareceu mais um código de respeitabilidade.

— Muito prazer, eu sou Bené. Sou o chefe da cozinha, seja bem-vindo!

Ao apertar sua mão, senti a firmeza de sua personalidade, foi como se ele dissesse: "Você parece digno de confiança".

Naquele momento, percebi um ponto de reflexão, alguma coisa me dizia que eu também podia confiar nele.

— Olhe em volta — disse ele —, procure ver cada coisa, cada objeto como se fosse seu. Imagine o valor de cada um deles. Então, compreenda que tudo isso compõe um negócio que merece seu respeito. E como funcionário, vista a camisa e sinta-se responsável e também parte integrante deste negócio.

Olhei em volta e vi uma cozinha ampla, extremamente limpa e organizada. Todo o equipamento em aço inox e bancadas em mármore. Era uma cozinha com muita assepsia.

Bené era um homem que tinha carisma no trato com as pessoas. Transmitia seu interior no olhar, nas palavras ou em pequenos gestos.

— Antes de começar o trabalho, vai tomar o seu lanche, que um homem bem alimentado vale por dez famintos. Você tem apenas quinze minutos. Vá e prove dos nossos produtos!

Ao retornar do lanche, encontrei uma cozinha movimentada. Os pedidos não paravam de chegar. O som da cozinha era outro, tinha um ritmo mais acelerado e intenso. A voz de comando do Bené, agora era uma voz com tom de inflexão que orientava a linha de produção daquela pequena indústria.

Os sanduíches eram montados em série. Toda a produção seguia um padrão de industrialização rigoroso. Os funcionários se agitavam, separavam os pedidos e os levavam para a copa, onde outros funcionários os encaminhavam aos seus destinos. E assim foi durante toda aquela manhã. Eu não tinha uma função específica, ajudava a todos, em tudo.

Naquele dia não tive tempo para pensar, apenas trabalhei feliz. Quando percebi, o tempo tinha passado, já estávamos trocando de turno. Então, fui até o refeitório e almocei calmamente. Depois, fui ao vestiário, mudei de roupa e saí.

Andei pelas ruas me sentindo leve e descontraído.

Eu tinha a tarde livre e não queria voltar para casa. Preferi gastar meu tempo descobrindo a cidade. Detive-me olhando vitrines, vendo pessoas e tentando decifrar suas personalidades. Alguns tinham no rosto uma expressão tão leve e acessível que pareciam íntimas, apesar de eu nunca tê-las visto.

Fiquei horas olhando a vida do lugar e descobri nesse exercício uma terapia ocupacional que repeti algumas vezes depois.

Percorri ruas secundárias, observando a arquitetura e a calma do bairro. Vi com admiração a silhueta das montanhas que cortam a cidade e formam o alto da Boa Vista. No alto, encontra-se a floresta da Tijuca, uma das maiores florestas urbanas do mundo.

Fiquei por um instante enternecido com a beleza das favelas que se elevam ao longo das encostas. Já dizia o poeta: "Ao longe tudo é belo, ao longe!" Tem belezas que existem para serem admiradas de longe. É o caso da plasticidade dos morros cariocas. Em especial à noite, quando todas as luzes estão acesas. É um quadro do mais puro "Alegre Dramatismo", em que o lúdico se funde com o real e toda a força de sua magia nos atinge e excita a sensibilidade.

Para descobrir uma cidade, é preciso conhecer seus desígnios sociais, os costumes e a cultura de seu povo. É preciso descer ao seu mais baixo degrau com a cabeça ao nível do seu teto. É preciso entender sua natureza e respeitar sua vida. Desobedecer ao sistema no sentido construtivo e manifestar-se diante da criação, infringindo seus limites criativos, preponderando sempre pela vanguarda, que é o caminho da inovação. É preciso encontrar o equilíbrio no ecumenismo, na diplomacia e na sensatez. Sentir a fragrância do seu perfume, o sabor do seu tempero e o calor do seu povo. É preciso observar o espírito da rua e a representação de seus signos.

Certa vez eu andava por uma rua de paralelepípedos que dava acesso a um desses tantos morros do Rio de Janeiro. Era madrugada e a rua estava deserta. De muito longe, vi um cachorro. Fui me aproximando e percebi que ele estava sentado nas patas traseiras e tinha o corpo ereto, a cabeça erguida e o olhar fixo na linha do horizonte. Era como se ele estivesse meditando. Eu tinha que passar por ali, e ele estava no meu caminho. Quanto mais me aproximava, mais me convencia de que aquele cão estava realmente meditando. Ao passar por ele dei um olá, como se dá a uma pessoa. Afinal, ele representava ali a essência de alguma coisa que eu devia respeitar. Ele apenas volveu os olhos sem mexer um músculo do corpo. Olhou por um instante dentro de meus olhos e logo voltou ao ponto fixo no horizonte, indiferente a tudo em sua volta.

Perplexo eu segui o meu caminho, certo de que aquele era mais um desses sublimes quadros de vida no qual a magia de novo me tirou o conceito de razão.

Para descobrir uma cidade é preciso viver intensamente. Participar, deixar-se envolver, doar-se e não apenas acreditar em suas lendas, mas fazer parte delas.

NOITE DE DOMINGO

O calor de janeiro era tão forte que mesmo à noite o suor vertia sem parar. O mal-estar causado pela alta temperatura era fatigante, deixava o corpo pesado e o raciocínio lento.

Eu estava só em casa e ouvia um Blues pesado, expressivo, cheio de lamentos e protestos. Sua essência descrevia o meu estado de espírito. O grito rascante na garganta nos conta de muitas vidas. Amores perdidos, saudades e desejos de alcançar o objeto dos sonhos.

O Blues traz em sua poética um discurso ardente e romântico no sentido da fantasia. Os instrumentos parecem falar em uma profunda e queixosa melodia, como as ondas do mar. A arte musical com sua linguagem abstrata apura nossa sensibilidade e redimensiona nossos pensamentos. Um bom vinho e boa música nos colocam um desafio: compreender todas as coisas do mundo sem, no entanto, decifrar o seu enigma. Com esse pensamento, apesar do calor, tive vontade de beber... Abri uma garrafa, tomei um gole e recostei-me ao sofá. Em pouco tempo, o álcool e a música elevaram meu espírito. Senti vontade de falar com alguém, de expressar a súbita alegria que tomou conta de mim. Mas eu estava só, tão só que se fechasse os olhos e imaginasse uma caverna, eu de fato estaria nas profundezas daquela caverna. E até poderia ouvir o gotejar do suor transparente que se solta do teto e cai em um espelho d'água à minha frente. Poderia experimentar a sensação de tocar com as mãos a umidade que escorre nas paredes irregulares e frias. Poderia sentir o cheiro dessa caverna que, em vez de incômodo e agressivo ao aparelho respiratório, é agradável, tem um suave perfume floral. Poderia ver e sentir os pulmões dessa caverna bombeando ar e levando oxigênio para suas profundezas mais recônditas, onde a essência do meu ser é preservada.

Essa é a minha caverna interior, o fórum de minha consciência, um ambiente de solidão, um lugar onde busco refúgio quando estou angustiado e só. É nessa caverna que me encontro e nela estou com Deus. Lá, esqueço que sou homem, que sou a mais intrigante criação, e entrego-me à natureza, sem remorso, sem culpa e sem dor.

O sentimento de solidão que me veio com o peso de uma realidade severa e absoluta trouxe-me uma ligeira depressão e afastou por um instante a beleza e o gozo da alma. Porém, a música e o vinho me fizeram experimentar do êxtase e do reencontro pessoal.

Desde que cheguei ao Rio de Janeiro, levava uma vida glacial. O distanciamento das pessoas nas grandes cidades, quer por motivos de segurança, quer por falta de tempo ou pela estratificação social, cria barreiras de relacionamentos de difícil transposição.

Eu via nas ruas pessoas indo de um lado para o outro tocando suas vidas e pensava: "Eles não precisam de amigos, não sofrem de solidão?".

Ofereci minha amizade em outdoor, mas ninguém se interessou.

Então, voltei à minha caverna, onde continuei recluso.

Bebi um pouco mais, falei aos ventos e projetei-me a Deus! E minhas palavras repletas de esperanças vibraram sem anseios por meu corpo e fluíram pelo espaço, buscando respostas por todo vasto universo, por onde havia vestígios de vida, pois lá Deus estaria, certamente.

Meu Deus, sábio criador de todas as leis.

Criou a essência de todo saber.

Mente universal de sublime inteligência.

Mente de supremo poder.

Mente protetora e divina, eu confio e me entrego a Ti.

Estou só e o sentimento de solidão dói e me aflige.

Eu tenho tanto para falar, mas não há ouvidos para me ouvir.

Peço: transmita ao infinito minha atitude mental e traga o equilíbrio para os meus dias.

Afaste do meu caminho o inimigo.

E ofereça ao meu convívio pessoas fiéis e dignas.

Peço que me designe um caminho sem trevas e linear.

E que toda a energia do meu ser se aflua para um sucesso de glórias.

Sou grato pelo alimento abundante, pela saúde, por um lar e por um trabalho que me traz dignidade.

Sou grato, também, por ter me concedido, sem restrições, as coisas que pedi.

Obrigado, sempre!

Eu já estava me sentindo bem, bem comigo mesmo! Comecei a andar pelo apartamento. Senti-me mais leve e tudo em minha volta possuía presença agradável. Eu tinha entrado em sintonia com o meu mundo.

Sou quem Deus quis que eu fosse, e amo este mundo como ele é. Contudo, tenho esperanças de um futuro criativo e irreverente à vida, em que o espírito possa fluir com alegria e altivez. E até onde eu possa avistar, que eu encontre o objeto da grandeza humana, pois é isto que me prende a Terra.

Andei por todo apartamento observando os detalhes de tudo que podia ver. Havia muita vida no apartamento. As coisas pareciam falar, contar em pormenores suas histórias. Cada objeto, cada quadro, cada escultura era um ser de vida própria que sorria para mim. Eu estava encantado, atraído pelo lugar! A partir daquele momento, passei a me sentir melhor, e a gostar de tudo ali com mais clareza.

O lugar em que eu vivia, o ateliê de pintura do meu amigo, era um apartamento de dimensões nobres, situado na zona norte do Rio de Janeiro, no bairro da Tijuca. O interessante é que ali não havia quartos, nem salas. As paredes eram vazadas de um cômodo para outro, formando uma ampla galeria de artes com quadros espalhados por toda parte. Tinha uma coleção de esculturas, peças adquiridas em leilões ou de artistas principiantes. Eram esculturas em madeira, em bronze e em mármore.

Naquele apartamento, o único lugar em que não se via arte era na cozinha. Meu amigo costuma dizer que na cozinha a única arte presente é a culinária.

Havia, também, uma ampla área de serviço com uma grande e rústica mesa de madeira.

Sobre a mesa, centenas de frascos com tintas de todas as cores. Uma grande variedade de pincéis e alguns cavaletes estavam à disposição das ideias criativas. Tinha um estoque de telas em branco e alguns quadros inacabados. Também havia réplicas de quadros de grandes pintores que eram utilizadas como referências ou estudos.

Eu até me aventurei numa criação artística sujando uma tela. Foi uma afronta à arte, e não gostei do resultado. Não tenho tino para as artes. O artista nasce com a sensibilidade, com o dom de enxergar no invisível, de se envolver e de captar com a emoção os valores subjetivos, e de revelá-los em sua obra.

Meu amigo é um artista conceituado internacionalmente e é raro quando vem ao Brasil. Quando vem, pouco fica por aqui. Mesmo nesta ocasião, não para de trabalhar. Está sempre fazendo anotações, pesquisando e retomando contatos pessoais e profissionais.

Quando parte, sempre deixa uma quantia em dinheiro para manutenção do apartamento, contas do condomínio, impostos ou eventuais reparos.

Cabe a mim essa pequena administração, que faço com prazer.

PALAVRAS SENSATAS

Naquela tarde, após deixar o trabalho, eu já estava saindo da lanchonete quando Bené, que também saía, aproximou-se de mim e me convidou para uma cerveja.

Nada mal para uma tarde livre e de muito calor.

Fomos a um barzinho escondido no fundo de uma galeria. Um desses tantos botequins típicos do Rio de Janeiro. Um lugar que abriga todos os bêbados e lhes oferece como confessionário a porta do inferno.

A primeira cerveja é sempre uma delícia e desce em grandes goles para aplacar a sede. Depois do terceiro ou quarto copo, a cerveja torna-se o veículo condutor da alegria. A conversa fica mais densa, mais profunda e as palavras que antes eram soltas e buscavam sentido, agora parecem mais filosóficas.

O botequim é um lugar onde se encerra o melhor da política, o melhor do futebol, o melhor do esporte, o melhor de tudo! É no botequim que afogamos nossas mágoas! É lá que sorrimos para o inimigo, sem a real noção do perigo.

O botequim é um território neutro, onde o juiz, o médico, o mecânico e o mendigo convivem sem distinção de classe, cor ou credo. Onde santos e demônios se abraçam na hora do gol.

Bené levantou o dedo e tão logo mais uma gelada aportou em nossa mesa.

Na verdade, nós bebíamos devagar para a conversa render. Falamos de futebol, de mulher, do trabalho e de nossas famílias.

Bené contou-me das palavras de sua mãe.

— Quando eu era criança, minha mãe sempre me dizia: "Aproveite bastante a vida, pois seus dias de criança passarão!".

E passaram muito rápido! Toda aquela inocência cheia de fantasia, alegria e pureza, acreditando em tudo e em todos, não mais me pertence. Aquele jeito de achar que a vida era para sempre maravilhosa, passou.

O entusiasmo, o brilho nos olhos em cada descoberta...

A vida se despertando em cores, sons e vibrações, como em um amanhecer iluminado. Aquilo, sim, era felicidade! Ao lado dos meus pais, eu me sentia a pessoa mais segura do mundo. Mesmo em face de um grande perigo ou tormenta.

Infelizmente, tudo isso passou!

Ah! Como era bom acreditar em super-heróis, o mundo era mais leve com eles.

No dia do meu aniversário, a cidade parava. Era eu o centro do universo! Eu aguardava com ansiedade a chegada de cada convidado. E a primeira olhada era nas mãos deles, para ver se traziam presentes. E, assim, quando eu percebia, a casa estava cheia, e eu embriagado de prazer e derramado de felicidade com a festa de balões, refrigerantes e muitos amiguinhos para comigo brincar.

Ah! Meus dias de criança passaram muito rápido. Tornei-me adolescente e os conceitos mudaram. Não no lado de fora, mas dentro de mim. Eu era a transformação. Uma transformação física, visível. Minha voz oscilava desafinada entre o agudo e o grave. Meus peitos ficaram doloridos. No meu rosto, nas axilas e no púbis, os primeiros pelos apareceram. Comecei a apreciar as formas femininas, muito embora tímido e envergonhado, eu já tinha os meus desejos sexuais aflorados.

Aos poucos fui descobrindo o prazer do sexo e me tornando escravo dos meus desejos. O prazer da fantasia pura, da riqueza de imagens. Esse era o meu segredo. Se uma mulher me despertava o desejo sensual, mesmo não havendo reciprocidade, eu me realizava no meu íntimo imaginando uma furtiva relação entre mim e ela. E isso se tornou um vício que o corpo físico pedia e o espiritual agradecia.

Na adolescência, a energia vital é tão forte e presente que somos capazes de senti-la vibrando em nosso corpo. Essa energia nos faz transformar, crescer. Faz-nos aventurar em cada passo, e nos traz o desejo de experimentar do sonho de viver e criar algo que possa sacudir o mundo. É preciso extravasar, queimar o excesso. E essa combustão se faz na prática de esportes, no estudo, no lazer e com o instinto sexual.

Minha mãe sempre atenta, feito um anjo da guarda, me dizia: "Sabe quantos dias dura uma juventude?...". Por isso, aproveitei cada segundo da minha! E assim, sem perceber, me tornei adulto. Desafiando a vida em cada esquina em que muitos amigos meus caíram inertes. Trocaram seus sonhos pela segurança de um emprego, o conforto de um casamento, ou se entregaram à degradação da vida. Hoje, infelizes e presos ao conceito religioso, lutam pela sobrevivência de suas almas.

Minha mãe, sabiamente, me disse que nós somos apenas fragmentos de um grande ser essencial. E o sentido da vida está na consciência de liberdade e respeito ao que somos mediante a tudo que compreende o universo.

Tudo passou, porém, essas palavras cheias de sabedoria e ensinamentos ficaram.

Por isso, sigo pleno e firme como um herói olímpico. Vivo cada dia o esforço da dignidade. Ponho-me lúcido e viril em tudo que faço, pois sei que todos os dias que me restam da vida serão breves! No meu cotidiano, obrigo-me sempre a finalizar com harmonia toda experiência de vida que a memória possa resgatar um dia. Sei que a vida, por mais que pareça infinita, passa muito rápido.

Viver em equilíbrio em um mundo desequilibrado é, certamente, um desafio, mas que tomo como obrigação pessoal.

Só quem é capaz de entender estrelas pode perceber o quanto uma vida humana passa rápido.

Fiquei calado por um instante depois que o Bené parou de falar.

Essas palavras cheias de sabedorias vivenciadas me deixaram reflexivo, colocaram à minha frente alguns valores pessoais que eu não tinha consciência. Percebi que a minha vida, até então, tinha sido idêntica à vida de Bené. E acredito que não muito diferente da de todos que vivem a nossa cultura.

Fiquei surpreso ao perceber que etapas da minha vida tinham se passado tão rápido e despercebidas que eu já não me lembrava mais. Tinha me esquecido de coisas importantes da minha infância e até de coisas mais recentes. Costumamos canalizar nossas energias de vida para o futuro, às vezes com tanta intensidade que ofuscamos o presente. Damos mais valor ao que está por vir, do que àquilo que temos em mãos.

O que fez Bené, orientado pelas palavras de sua mãe, foi aumentar a intensidade no momento da vida, no momento em que ela acontece. Porque a vida não está no que foi nem no que será; está no presente, no momento da última respiração.

O DESTINO DE CADA UM

O gerente era pontual com o horário da loja, sempre foi o primeiro a chegar e com uma antecedência de meia hora ou mais, fizesse chuva ou sol. Nunca um congestionamento no trânsito, avaria em seu carro ou qualquer coisa que pudesse atrasá-lo fez com que ele chegasse sequer em cima da hora. Todos os dias, quando todo o comércio ainda estava fechado, ele aguardava, impecável, à porta da loja. Roupa engomada, barba feita e sapatos brilhando. Estava sempre feliz. Ele tinha um sorriso fácil. Dizia que a felicidade, se não é uma razão para viver, é um motivo para nos manter vivos.

O Roberto era do tipo de pessoa que conservava a política da boa vizinhança. Todos que o conheciam sabiam de sua paixão pelo futebol. De manhã, antes de abrir a loja, abria o jornal na página de esportes, lia a matéria que mais lhe chamava a atenção e tinha sempre um argumento sobre o assunto, um breve comentário sobre o esporte, ideias que compartilhava com as pessoas ao seu redor. Naquele dia, ele não apareceu. Os funcionários, vizinhos, clientes, todo mundo queria saber o que tinha acontecido.

O patrão chegou sério, mais que sério, com uma expressão pesada no rosto.

Já fazia alguns meses que eu trabalhava ali e nunca vira o patrão chegar para abrir a loja. Naquele dia, algo estava errado. Ele chegou e foi direto atender ao telefone que tocava desesperadamente. Ouviu em silêncio o que o seu interlocutor tinha a lhe dizer. Falou pouco e suas palavras saíram quase em murmúrio. Desligou o telefone e baixou a cabeça. Por um instante, ele pareceu repudiar alguma coisa que embaralhava suas ideias e ficou momentaneamente sem ação.

Buscou concentrar-se e, respirando pausadamente, retomou o raciocínio. Chamou o funcionário que estava ao seu lado e mandou que reunisse toda a equipe, pois ele tinha uma informação que importava a todos nós. Reunimo-nos no salão da loja. O patrão veio de cabeça baixa, ombros e braços caídos. Secou as mãos no avental e passeou o olhar sobre cada um de nós. Vasculhou no fundo do seu ser palavras para expressar a sua angústia. Suas palavras saíram embargadas e sem forças. Ele tossiu, limpou a garganta e firmou o tom da voz:

— Bem, é preciso que saibam que aconteceu uma coisa horrível com o Roberto, o nosso gerente... Uma coisa muito triste, repugnante e lamentável... O Roberto morreu.

Fez-se um longo silêncio e quando ele conseguiu falar, sua voz estava tomada de emoção. Fomos imersos em uma perplexidade emudecedora, que nos deixou pasmos.

O primeiro sentimento foi de dúvidas. "É verdade o que acabei de ouvir? O que terá acontecido... Mas como?" Houve uma inquietação em todos nós. Queríamos constatar a verdade para aceitar que, de fato, tínhamos perdido o nosso gerente.

Depois do momento do choque, a atitude de aceitar o fato é imprescindível. O patrão decidiu enviar um representante da empresa para confortar e auxiliar a família nesse momento de dor. Porém, o Roberto morava no morro da Formiga, área de conflito, onde há uma delicada política do crime organizado, e, assim, ninguém se dispôs a ir. Todos estavam arrebatados pelo medo e não era para menos, já que a TV e os jornais impressos vinham noticiando nos últimos dias uma guerra do tráfico nos morros da zona norte do Rio.

Quando o patrão indagou da disponibilidade de um voluntário, não sei por que, todos olharam para mim! Diante de tamanha insinuação, eu não tinha para onde fugir. Aceitei a incumbência. Não sem antes exigir que Bené me acompanhasse, visto que ele conhecia bem a cidade e sua cultura.

Bené ficou um pouco reticente, pois sabia, conhecia a delicadeza dos fatos.

— Ninguém vai se defrontar com criminosos — disse o patrão. — O Roberto foi assassinado aqui, próximo no morro da Formiga, porém, seu corpo vai ser velado no cemitério do Cacuia, na Ilha do Governador. Lá só estarão seus familiares e amigos, portanto, não há o que temer. Ângelo e você, Bené, estão liberados do trabalho por hoje. Vão e façam a minha honra! — ordenou o patrão.

Bené guiava uma caminhoneta da empresa e permanecia calado. O seu silêncio se traduzia em preocupação e pesar.

Só quando nos aproximamos do cemitério o silêncio foi rompido:

— Tudo bem, mas vai ser do meu jeito! — falou decidido.

— E qual é o seu jeito? — perguntei.

— Primeiro, vamos procurar o serviço funerário. Vamos indagar a respeito de tudo e só depois de sabermos em que chão estamos pisando é que vamos até a família.

— Perfeito, concordo.

Chegamos ao cemitério. Havia três cerimônias velatórias. Qual delas era a do Roberto? Bené foi ao serviço funerário e falou com uma senhora que chamou um senhor e os dois puseram o Bené a par de tudo. Fiquei de longe observando o trabalho de Bené. Demorou um bom tempo e pelos gestos que pude ver à distância, compreendi que o gerente foi assassinado a tiros. O senhor que falava com Bené colocou o dedo indicador direito na nuca com o polegar levantado, simbolizando uma arma de fogo. E com o indicador esquerdo apontou para o meio da testa. A bala teria saído por ali. Entendi que o assassino se aproximou por trás do Roberto, que estava de joelhos, colocou a arma na nuca de sua vítima, e, sem piedade, puxou o gatilho.

Estava feito. O Roberto fora executado e, sem livramento, tornou-se mais uma vítima na estatística do crime organizado.

O Bené acenou para mim me chamando. O tal senhor ia nos levar até o corpo do Roberto.

Na capela, havia pouca gente em volta do caixão. Vimos uma jovem senhora que, abraçada a um casal de adolescentes, e debruçados sobre o caixão, choravam muito. O senhor nos disse que eram a esposa e filhos do falecido. Dirigimo-nos a eles, nos apresentamos e declaramos nossos pesares. Dissemos que em nome da empresa estávamos ali para oferecer nossos préstimos em tudo que fosse preciso.

Quando souberam que éramos colegas de trabalho do Roberto, todos jorraram em prantos. Foi comovente ver aquilo! Bené olhou para mim sem saber o que fazer. Também olhei para o senhor, que parecia acostumado com aquela situação e que ficou firme onde estava, sem demonstrar sentimento algum. Bené e eu abraçamos a senhora e suas crianças e ficamos ali até que passou a terrível onda de dor que caiu sobre aquela humilde família ao lembrar que ainda havia vida na áurea daquele corpo frio.

E devo confessar que quase chorei com eles. Meu coração apertou ao ver aquela pobre família chorando a angústia de perder seu pai, seu esposo, seu companheiro e amigo. Porém, eu estava ali para confortar e precisava ser forte, passar confiança e energia positiva.

Bené, tanto quanto eu, não sabia o que dizer. Optamos, então, pelo silêncio, que nessas horas é fundamental. Ficamos assim por um longo tempo. Os suspiros e soluços foram perdendo forças e dando espaços à reflexão. A mãe, com muito esforço, logo se recompôs, agora tentando confortar seus filhos. Nesse momento, eu estava próximo ao caixão e observava a mãe tocar carinhosamente o rosto da filha que não parava de chorar. Bené estava em pé na porta. Ele se posicionou contra a luz forte que vinha de um dia muito claro e que invadia a capela. Olhando para o Bené ali, me ocorreu um pensamento. Pensei sobre o limite. Uma porta é sempre um limite! A vida é cheia de limites; transgredi-los é redimensionar a vida. Mas, então, o que ocorreu com o Roberto foi um redimensionamento? Uma reestruturação?

A minha mente foi inundada de interrogações e exclamações.

Olhei para o Roberto no caixão e entendi que ele transgrediu um limite e que sua passagem se dera tragicamente e involuntária.

Meus pensamentos foram interrompidos por um grupo de pessoas que adentraram a capela e, em silêncio, dirigiram-se à família para prestar-lhe seus sentimentos.

Em seguida, foi chegando mais gente. Em pouco tempo, a capela estava lotada. O padre, que veio encomendar a alma do Roberto, vestia-se no estilo norte-americano. Usava batina e chapéu pretos. Estava acompanhado de um coroinha que vestia túnica branca e segurava um incensário. A fumaça espessa se espalhou rapidamente por toda a capela. O incenso utilizado tinha um forte cheiro de canela e agredia as narinas, quase ao ponto de sufocar. Meu estômago enjoou e tive que sair para respirar ar fresco.

Na capela, o padre fez suas orações, encomendou a alma do Roberto e abençoou a família. Suas palavras eram bondosas e soavam reconfortantes. Ele falava em parábolas usando figuras simbólicas que retratavam a paz, o amor e a vida eterna. Finalmente chegou a pior hora do velório, a despedida final! Houve um alvoroço de choro e gritos, a pobre esposa não aguentou tanta emoção e desmaiou. Colocaram uma toalha embebida em solução com álcool no seu nariz e, aos poucos, ela voltou a respirar normalmente, até que seus sentidos se recobraram totalmente.

Quatro homens do serviço funerário vestidos de azul postaram-se dois de cada lado, fecharam o caixão e deram início ao cortejo.

O sol descia a pino. O cortejo seguiu rápido até a sepultura que se situava a uns duzentos metros da capela. O caixão desceu sob um emocionado discurso proferido pelo padre. Ninguém jogou os três punhados de terra como outrora era tradição.

Eu apenas observei a terra fresca e úmida que ia envolvendo o caixão e encerrava ali uma participação nessa maravilha que é a vida.

Os coveiros munidos de pás trabalhavam freneticamente. Para eles, aquilo que faziam era como plantar uma árvore.

Houve uma salva de palmas e, em seguida, as pessoas foram se dispersando. Cada um seguia o seu rumo. Era como se dessem as costas para o passado.

Reafirmamos nosso compromisso junto à família e nos despedimos. Nem percebi e já estava em casa. Um tanto quanto desalentado, buscando me ocupar de alguma coisa para não pensar. Peguei na biblioteca o primeiro livro que meus olhos alcançaram. Era Fernando Pessoa! Abri aleatoriamente justo na página em que se lia: "O valor das coisas não está no tempo em que elas duram, mas na intensidade com que acontecem. Por isso existem momentos inesquecíveis, coisas inexplicáveis e pessoas incomparáveis". Fechei o livro e fui para a varanda ver a cidade que derramava vida por toda parte.

A GERÊNCIA

Alguns dias se passaram desde que o gerente morreu.

Tudo na lanchonete transcorria com naturalidade. A faixa preta ainda estava afixada na vidraça do caixa, representando o luto pelo Roberto. A cura para a dor vinha de forma invisível com o passar do tempo. Aos poucos o Roberto e suas ações iam saindo de nossos pensamentos, a vida ia suprindo sua falta, cada dia era um bálsamo que acalentava nossas almas.

Havia entre os funcionários uma especulação para saber quem seria o novo gerente. Pelos corredores, ouvia-se um boato de que o Bené estava cotado para a vaga. Outros diziam que o próximo gerente seria um primo do patrão que viria de Portugal. Entretanto, ninguém sabia ao certo quem haveria de ser.

No decorrer daquele dia, por vezes, vi Bené conversando com o patrão. Parecia uma conversa normal como tantas outras em consequência do trabalho. Cheguei a pensar que estivessem ajustando os detalhes para que Bené assumisse a chefia, já que o patrão tinha pressa em apontar um novo gerente.

Porém, sua conversa com o Bené, ao contrário do que imaginava, estava direcionada a mim.

Na troca de turno, ainda no vestiário, Bené aproximou-se de mim e disse-me que o patrão queria falar comigo. E foi bastante resumido. Por mais que eu quisera saber, ele não quis falar sobre o assunto. Fiquei muito curioso. Dentre os sentimentos que me dominaram, figurava o medo de ser demitido. Eu tinha passado a gostar do emprego e temia perdê-lo naquele momento. Contudo, preparei-me para o inesperado.

Fui ao escritório do patrão, que me recebeu rapidamente, pois o acúmulo de responsabilidades já o exigia em outras partes.

— Sente-se aí — apontou para uma cadeira. — O que tenho a lhe dizer é a respeito do trabalho. Você sabe que precisamos com urgência de um gerente. O correto seria treinar um funcionário para o cargo, já que não temos subgerente. Mas não temos tempo para isso. Conversando com o Bené, achamos que você é a pessoa mais indicada para a vaga. Preciso de uma pessoa de atitude, que seja responsável e que tenha disponibilidade de tempo para abrir a loja de manhã precisamente no horário e cuidar da lanchonete em tempo integral.

— Mas... Não tenho nenhuma experiência administrativa! — O meu primeiro impulso foi de recusa.

— Não! Não precisa se preocupar. É tudo muito simples! Basta abrir a loja, verificar e repor o estoque, olhar o trabalho dos funcionários e zelar pelo cliente. Você tem as qualidades ideais para o cargo. Tem um bom nível cultural, boa aparência e mora aqui ao lado.

Franzi a testa por um momento e, então, minha mente se iluminou.

Não havia saída. Era aceitar a promoção e me fortalecer no cargo ou continuar onde estava e ser visto pelos colegas como um fraco sem ambição.

O patrão ressaltou, ainda, que o salário de gerente era bastante atrativo.

Eu não esperava. Quer dizer, passou por minha cabeça o cargo de gerente. Todavia, a gerência me traria certo status. Não podia por timidez ou medo omitir-me ao destino.

Naquele momento, lembrei-me de uma frase que vi escrita na carroça de um catador de lixo: "Embora sabendo que tudo é ilusório e finito, mesmo o que nos parece concreto e eterno, ainda assim, enquanto eu tiver força e inteligência para lutar, farei do mundo o meu tatame, e do meu trabalho a minha luta".

Em atitude cuidadosa e buscando uma solidez na resposta, pedi ao patrão um tempo para pensar. Prometi uma resposta para o dia seguinte. Embora estivesse óbvio que eu iria aceitar a promoção, preferi agir de forma cautelosa e madura. Assim, eu estaria garantindo de antemão uma atitude profissional.

No dia seguinte, fui o primeiro a chegar à loja, tal qual ao Roberto; limpo, engomado e convencido dos atributos de um gerente. Eu havia decidido aceitar o cargo, mesmo com dúvidas e receios quanto a tudo que compete às responsabilidades gerenciais.

O patrão, assim que me viu trajado para a gerência, sorriu e balançou a cabeça aprovando minha atitude. Ele viu em minha postura o prenúncio de uma resposta positiva.

No escritório, passou-me instruções detalhadas de como devia agir no novo cargo.

— O gerente precisa ter uma causa que justifique o trabalho. Isso você tem, pude ver quando me pediu emprego. Você tem uma personalidade positiva e pode usar isso para motivar a equipe.

— Há quatro características que, se aplicadas com sensibilidade e justiça, farão você conseguir uma liderança exemplar: responsabilidade, agilidade, organização e equilíbrio. São apenas algumas das teorias do conhecimento que orientam a boa prática do líder, instituem a harmonia no ambiente de trabalho e aumentam a fluidez nos negócios.

— Vou acompanhá-lo por um mês para que inicie com confiança. Assim que você se sentir seguro, assumirá a gerência.

Passado um mês, eu estava hábil na administração da lanchonete. Os funcionários se adaptaram bem ao meu comando. Eu tinha a aprovação total do patrão, que já não vinha de manhã para abrir a loja. Só aparecia no meio da tarde para verificar a contabilidade e enviar ao banco o saldo do dia.

— Estou indo bem — murmurei vaidoso assim que o patrão deixou o escritório.

Atento a tudo, nada passava despercebido, até que um dia flagrei a operadora do caixa em um movimento suspeito. Ela colocara algo na cintura enquanto disfarçava ajeitando a calça. Fingi não ter visto, foi um momento de muitas dúvidas em que me vi coagido pela responsabilidade de ter que verificar as atitudes daquela funcionária. Até então, ela tinha sido exemplar. Sempre muito prestativa, cumpria fielmente com suas obrigações. Era uma pessoa de confiança, por isso trabalhava no caixa. Jamais lancei qualquer dúvida sobre sua conduta. Mediante aos fatos, achei por bem comunicar ao patrão que, tão logo, mandou instalar câmeras de vídeo. O flagrante foi preciso e não deixava dúvidas. Então, ela foi demitida por justa causa, o que é previsto em lei. Uma pena, porque ela precisava muito daquele emprego, já que era mãe solteira de três filhos menores. Ao tentar se defender, seu argumento foi de que seus filhos estavam passando por necessidades, uma vez que o salário que recebia era pouco e não dava para suprir suas carências até o fim do mês. O patrão pensou, repensou e por pouco ele desistia do processo demissivo. Contudo, acabou mantendo a coerência de sua atitude e a demitiu. Contratamos outra funcionária para o caixa e ampliamos o sistema de segurança por toda a empresa.

O CARNAVAL

Eu vivia uma rotina que absorvia minhas energias e me deixava muito ansioso. Todo dia acordava e tão logo já estava no trabalho. Fazia meus deveres com a fidelidade de um cão e ao fim do dia, retornava à minha casa. Semana após semana sem me atentar para as novidades que se faziam ao meu redor.

Confesso: estava ficando sem brilho e propenso a uma vida servil, como a de um monge. Posso afirmar que esse sistema degenera o ser, e que a servidão doentia nos coloca diante do túmulo. Tira de nossas mãos a espada e nos deixa vulneráveis em uma luta contra o polvo de mil tentáculos que nos prende humildes e obedientes.

Já fazia alguns dias que o Bené me convidara a conhecer uma escola de samba onde ele era compositor. Desde então, vinha sempre reafirmando esse convite.

Relutei, protelei e, preso pelas minhas próprias correntes conceituais, me negava a ir. Creio que tinha medo de me expor em meio a um movimento tão fantástico que é o Carnaval.

Até que decidi: "Vou à escola de samba do meu amigo Bené. É um dia especial na escola, o seu samba-enredo estará no corte".

De início, não entendi nada.

— Corte de samba, o que significa isso? — perguntei ao Bené.

— Bem, todo ano — disse Bené, notando meu interesse — as escolas de samba repassam um tema previamente escolhido aos seus compositores e carnavalescos. O processo de criação começa com a escolha do tema e, consequentemente, com a composição do samba-enredo. A criação do samba-enredo fica a critério do compositor e da equipe que o auxilia nas pesquisas e informações sobre o tema. A composição estando pronta segue para uma fase muito importante na escola, pois se trata da fase dos cortes. É quando os compositores apresentam suas composições em um concurso interno. Uma comissão de julgadores da própria escola analisa, julga e escolhe a composição que melhor define o tema, encadeia os caracteres do samba e mostra a natureza da escola. A qualidade do samba está em contar bem o enredo, ter boa melodia, uma letra de fácil compreensão e deve ser musicalmente rico. O desempenho do intérprete também é fundamental. Na minha escola, a diretoria é bem democrática e deixa o processo transcorrer naturalmente. Uma vez julgado e declarado vencedor, o samba segue para os ensaios técnicos abertos ao público. A produção do carnaval, então, segue sob o comando do carnavalesco que, tendo criado a arte das fantasias e alegorias, repassa suas ideias aos barracões, onde funcionam as verdadeiras fábricas do carnaval carioca. De lá, saem majestosos carros alegóricos e fantasias divinas, direto para a Apoteose do Samba. Na escola, o ensaio do samba-enredo continua até as vésperas do grande desfile, tendo à frente o maestro, o diretor de bateria e seus ajudantes e a comissão de bateria.

— O carnaval carioca é mesmo belíssimo! É a arte do expressionismo em sua mais pura forma. O Carnaval é sem dúvida uma fonte inesgotável de cultura — afirmei.

— E tem também o carnaval de bloco, que é o carnaval de rua — continuou Bené. — No carnaval de rua, o povo expressa a caricatura de seus desejos, sua alegria, sua fantasia interior e o repúdio ao horror. Já o carnaval de clube, é um carnaval recatado, da classe média. Nos clubes, homens se fantasiam de marinheiros, de piratas, de árabes e outras figuras lendárias. As mulheres se fantasiam de coelhinhas, de odaliscas, outras preferem mesmo é mostrar seus belos corpos seminus. A música é a marchinha de carnaval, o frevo, além de outros ritmos acelerados. Sempre em um tom altíssimo para animar a festa. Nos clubes, consome-se muita bebida alcoólica, e o lança-perfume é discretamente usado em camarotes de pessoas influentes na sociedade. Agora imagine tudo isso acontecendo simultaneamente na mesma cidade! Assim é o Carnaval no Rio de Janeiro. Durante cinco dias, é só alegria!

Às vinte e três horas estávamos, eu e Bené, na sua escola de samba. E qual não foi o meu espanto ao ver a grandiosidade do evento? Havia milhares de pessoas. Torcidas organizadas agitavam cartazes e cantavam o samba que defendiam. O Bené foi ovacionado na chegada. Ali ele era de fato uma celebridade. E só então descobri a força de sua composição. Seu samba estava na final por força de sua grandeza e com chance de sair vencedor na noite.

Ao Bené estava reservado um camarote com água, cerveja, uísque e petiscos a gosto.

Fui apresentado a muitas pessoas influentes na escola, todas entusiasmadas e sorridentes, demonstrando alegria em gestos largos que acabavam sempre em um abraço no Bené. E se diziam confiantes na vitória do seu samba.

Em meio ao grande alvoroço, no palco soaram os primeiros acordes do cavaquinho. Senti todo o meu corpo arrepiar de emoção quando os tamborins vibraram em uníssono.

O ritmista com um apito na boca marcava a entrada de cada instrumento.

Quando tudo estava harmonizado, iniciou-se um flashback. Tocaram vários sambas-enredos que fizeram sucesso na escola. Já passava da meia-noite quando o intérprete do samba adversário ao de Bené subiu ao palco. A bateria fez uma pequena pausa e houve uma manifestação ruidosa de aplausos ao músico que aquecia a voz.

Nesse momento percebi que uma passista me observava. Uma linda jovem que o Bené me apresentara minutos antes. Era uma morena de corpo perfeito e com o sorriso mais lindo que já vi. Sorri, retribuindo ao manifesto dela, o que na linguagem do flerte nos dava condições de uma aproximação. Eu já me dirigia a ela quando fui interrompido pelo Bené que me tomou pelo braço e apresentou-me a outra morena também muito bonita.

— Esta é a Mirella, nossa primeira porta-bandeira.

Nós nos apresentamos e quando olhei procurando pela passista, ela havia desaparecido na multidão.

O intérprete deu o seu primeiro grito de exortação e a bateria entrou no ritmo. O samba foi apresentado três vezes.

Era uma linda composição. Certamente um enredo digno de uma boa disputa. Bené trouxe-me uma cerveja, e disse-me:

— Sou pela natureza do carnaval obrigado a concordar, o samba deles é realmente muito bom!

— Também gostei muito — respondi alimentando sua opinião.

— Espere até você ouvir o meu samba. Sem falsa modéstia, é um dos melhores sambas de todos os tempos do carnaval carioca.

Estava em um camarote ao nosso lado um grupo de turistas estrangeiros que não parava de se agitar. Eles se divertiam para valer, tentando acompanhar o ritmo do samba.

Bené fez uma menção de agradecimento e pediu proteção ao seu orixá. Seu samba ia definitivamente ser julgado. Seu intérprete já estava no palco. Agora toda escola era silêncio, afora o burburinho dos adversários. O intérprete estava preparado. Um solo de cavaquinho imperou rompendo o silêncio. O intérprete soltou aquele famoso grito:

— Chora cavaco!

Um cavaquinho soou uma linda melodia. Em seguida, com um movimento brusco do ritmista, toda a ala dos tamborins entrou em ação, o resto da bateria entrou no ritmo e a escola veio abaixo em aplausos! Procurei pelo Bené e o encontrei sentado, isolado em um canto.

— Você está bem? — perguntei.

— Estou ótimo, só preciso segurar minha emoção. É muito bom ver uma criação nossa crescer e fazer sucesso.

— Posso imaginar sua emoção, eu que sou apenas um visitante estou muito emocionado.

— Mal posso esperar até amanhã para saber o resultado deste julgamento — disse Bené.

— Por que só amanhã e não hoje? — eu quis saber.

— É uma norma da Diretoria. Para evitar brigas na escola, eles só divulgam o resultado no dia seguinte.

O samba foi apresentado três vezes e ao final da última vez, fez-se novamente o silêncio. As pessoas foram se dispersando, era chegado o fim de mais uma etapa. Já era tarde, despedi-me de Bené e voltei para casa.

A PRAIA

Susto! Acordei com a campainha da porta tocando insistentemente. Atônito, crendo ter perdido a hora para o trabalho, fui atender. Pelo olho mágico vi que era o Bené. Abri a porta e o convidei a entrar.

— E aí, meu amigo? Mandaram-me buscar você — disse Bené.

— Mandaram buscar-me. Quem mandou?

— Surpresa! Você vai saber quando chegar à praia. Vá, coloque um calção de banho e vamos embora.

— Não... Não estou entendendo. Que papo é esse de praia?

— É isso mesmo, vamos à praia! O seu futuro está lá.

— Bené! Não me leve a mal, mas vou voltar para a cama, vou dormir.

— Meu amigo! Só estou aqui porque te considero e sei que você merece.

— Mereço o quê?

— Faz parte da surpresa, não posso falar.

— Mas ainda é muito cedo! — exclamei um pouco contrariado.

— Cedo para quê? Para viver não tem hora. Depois que você der um mergulho no mar, todo esse sono vai embora.

— Quer tomar um café? — perguntei. — Café! Não, quero algo mais forte do tipo sublimado corrosivo.

Depois de Bené ter virado a noite, ainda tinha energia para sorrir e fazer piadas. Ele só ia conseguir se desligar depois que se confirmasse a vitória do seu samba, o que já estava claro que ia acontecer. Porém, faltava a declaração, o veredicto final.

— Na geladeira tem cerveja, vai pegar.

Enquanto Bené foi à cozinha pegar a cerveja, tomei um banho rápido e coloquei um calção de banho.

— Estou pronto Bené, vamos ao tal futuro!

Bené jogou-me as chaves do carro.

— Você dirige — falou-me sorrindo.

Chegamos à praia, estacionei próximo a um quiosque.

Alguém lá do quiosque gritou para o Bené, que respondeu com gesto largo e muito sorridente. Era o dono do quiosque, amigo de Bené. Ele nos recebeu com muita simpatia. Perguntou se eu era o motorista do Bené e brincou dizendo que meu amigo carnavalesco era uma celebridade.

— Betão, esse aqui é o Ângelo, meu amigo. Veio conhecer sua praia.

— Como é mesmo seu nome? — ele quis saber. — Ângelo — respondi.

Fizeram uma piada com meu nome no estilo carioca e riram a valer.

— Esse é o Betão do pagode — apresentou Bené, enquanto abria uma latinha de cerveja.

O sol estava brando e corria uma leve brisa, deixando o clima bastante agradável. O mar estava calmo e poucos se arriscavam a entrar na água, que estava muito fria.

Deixamos o quiosque e fomos para a areia, onde a namorada do Bené nos esperava com uma amiga. Ambas estavam deitadas sobre toalhas na areia. Ao chegar, percebi que a moça que estava com a namorada de Bené era a passista que me fora apresentada no dia anterior na escola de samba.

Ao vê-la, meu coração bateu forte e suei frio. Minhas mãos transpiraram sem parar. Controlei as emoções e me comportei como se tudo estivesse normal.

— Esta é a Júlia, vocês se conheceram ontem. E esta aqui é a Sara, meu amor, e vocês também já se conheceram — falou-me Bené.

— Olá, tudo bem? — cumprimentei as duas.

Bené deu as mãos a Sara, ajudando-a a se levantar.

Sara deu-me um beijo de cada lado do rosto e saíram educadamente em direção à água, com a intenção de nos deixar à vontade.

Abaixei-me e beijei o rosto de Júlia, que me convidou a sentar do seu lado.

— Dormiu bem? — perguntou Júlia.

— Sim, dormi bem até o Bené chegar para me derrubar da cama — falei em tom de brincadeira.

— A culpa foi minha — disse dengosamente pedindo desculpas.

— Tudo bem, creio que foi por uma boa causa.

— O sol está ótimo — comentou Júlia meio sem jeito, enquanto passava no rosto um protetor solar.

— A praia parece ótima hoje — eu não sabia o que dizer.

— Hoje a praia está perfeita, céu aberto e mar calmo, apesar de a água estar um pouco fria — ela disse com a naturalidade de quem conhece um bom-dia de praia.

— Procurei por você ontem, mas não a encontrei — retomei quebrando o gelo da inibição.

— Eu queria muito ficar, infelizmente não foi possível. Eu tinha um compromisso — falou em tom de suspense.

— Compromisso? — quis saber.

— Sim, tenho uma filha de três anos. Eu a tinha deixado na casa de minha mãe. Por isso tive de ir embora mais cedo.

Fiquei surpreso com o fato e a franqueza com que ela se declarou.

— Me explica isso! Você é casada? — perguntei muito curioso.

— Não. Já fui. Hoje sou livre e desimpedida — disse ela. — Totalmente livre! E você, é solteiro?

— Solteiro e só — brinquei.

— Como assim, só?

— Estou morando aqui no Rio de Janeiro faz oito meses.

— E sua família onde mora?

— Todos em Brasília.

— O que você faz aqui no Rio?

— Sou uma espécie de zelador. Tomo conta de um ateliê de pintura.

— Você não trabalha com o Bené? — ela quis saber.

— Ah! Sim, sou também gerente da lanchonete onde o Bené trabalha. E você, o que faz além de ser passista de escola de samba?

— Sou formada em Direito pela Universidade Federal do Rio de Janeiro.

— Advogada! — exclamei.

— Sim, atuante.

Bené e Sara chegaram interrompendo nossa conversa.

— É a sua vez de entrar no mar — disse-me Bené.

— Nossa, a água está uma delícia! — completou Sara.

Coloquei-me de pé e ofereci as mãos para que Júlia fizesse o mesmo. Ao levantar-se, ela jogou seu corpo sobre mim propositalmente. Eu, então, a abracei e ficamos assim por uns instantes, indecisos entre um beijo e olhares intensos. Apesar da vontade, não tive coragem de beijá-la naquele momento. Tomei-a pelas mãos e levei-a ao mar.

Eu estava incrédulo e ansioso, desejava tocar seu corpo, apalpá-la inteira para ver se era real. Ela parecia uma obra de arte esculpida em bronze. Como se não bastasse tanta beleza, sua delicadeza feminina e seus olhos expressavam um firme caráter pessoal e uma personalidade ímpar.

Entramos no mar nos apoiando um no outro para não sermos derrubados pelas ondas que começavam a se agitar.

Veio uma onda mais forte e a jogou em meus braços. Abracei-a fortemente, sentindo todo seu corpo colado ao meu. Ela beijou-me suavemente e pude sentir todo o calor e todo sabor de uma deusa.

"Como explicar a vida? A vida não tem explicação!", pensei.

A vida é tão mutável e ao mesmo tempo tão construtiva.

Se o que queremos é edificar, o destino nos oferece generosamente os pilares em forma de esperanças. Se o que queremos é alçar voo, nossa imaginação nos leva com suas asas transcendentes a lugares jamais pisados por nossos ancestrais.

Eu queria ser feliz, então, encontrei a felicidade, o brilho e a alegria. Era a vida trazendo-me a magia e o sentimento de posse do meu ser. A vida e seus encantos devolvendo-me a autoestima.

Ficamos um bom tempo na água, abraçados, sentindo o corpo um do outro.

Sentimos o mar nos envolvendo em um abraço místico, que parecia nos dizer: "Unam-se mais, mais e mais, até fundirem-se".

Júlia, sem dizer nada, largou-se de mim. Virou-se para o alto-mar e fechou os olhos, e por um momento fiquei sem saber o que se passava com ela.

— Está tudo bem? — perguntei.

Ela abriu os olhos e, sorrindo, disse-me:

— Ontem eu estive aqui e pedi a Iemanjá que me mostrasse alguém, um homem a quem pudesse confiar e amar. Agora estou agradecendo e pedindo que zele por nós.

— Que bonito isso! A confiança fundada na veemência dos seus desejos transformando em realidade um sonho.

— É a fé! — disse ela.

— E você atribui essa verdade revelada a Iemanjá?

— Sim, a ela e ao poder de transformação do universo — falou apanhando com as duas mãos um punhado de água e erguendo aos céus em oferenda.

— O que você espera do amor? — perguntei.

— Só o amor nos prende a terra, nos forma raízes, nos faz florescer e nos dá os frutos. O amor é dono da mais profunda razão e da suprema beleza. O amor doma o espírito em nosso corpo. É o amor que colore o mundo, que dá profundidade aos nossos sonhos, que conforta nossa alma e dá brilho aos nossos olhos.

— O amor é o reflexo da harmonia da natureza que nos cerca, agindo em equilíbrio sobre a nossa alma — completei.

Ainda na água, ficamos um bom tempo olhando para o mar sem dizer nada um ao outro. Apenas apreciando ou buscando mais definições? Não sei! Uma grande onda veio e mergulhamos sob ela. Percebemos, então, que muito tempo havia se passado e que o mar começava a puxar. Decidimos voltar para a areia. Lá, encontramos Bené dormindo ao lado de Sara. Júlia sacudiu os cabelos molhados sobre ele, que acordou assustado com os respingos da água fria em seu corpo quente. Apesar do susto, acordou bem-humorado e cantarolou o refrão do seu samba: “Veio de lá, veio de lá, de mar profundo. O maior amor que encontrei neste mundo”.

— Eu gosto de vir à praia bem cedo — disse Bené —, quando a brisa do mar ainda nos toca a pele com o frescor do último orvalho. Quando a areia ainda está fria e todo o mar está amanhecendo com suas cores vibrantes. Gosto de pisar a areia molhada, onde o mar deposita a espuma, resquícios de um embate noturno. Faço um longo percurso assim, pisando a areia fria e sentindo o mar lavar meus pés em um gesto de infinita nobreza. Penso muitas coisas enquanto ando. Dentre o que penso, está a gratidão. Sinto-me grato, fascinado e tomado de prazer pela beleza de tudo que vejo ao meu redor. Lanço ao mar uma pergunta, e, em silêncio, aguardo uma resposta. Vejo banhistas se refrescarem nas ondas. Vejo gaivotas retirarem das águas seu alimento, vejo distantes da praia navios ancorados. Navios que chegam e partem transladando o homem e tudo que o homem criou. Vejo no espelho de suas águas o céu e a liberdade. Vejo em seu horizonte um sonho. O sonho de todo homem: visitar o estrangeiro.

— Belo discurso poético — concordei.

— Nada alimenta mais a um poeta que uma noitada bem vivida — disse Sara.

Não quis comentar, mas percebi que Bené estava abatido e necessitava de descanso. Sara nos lembrou de que precisávamos ir embora.

— Vamos todos para minha casa, mandei preparar um almoço e vocês são meus convidados — anunciou Bené.

Eu adorei o convite, não apenas pela mesa farta, mas, também, por ficar mais tempo próximo de Júlia. E percebi reciprocidade nela ao também aceitar o convite.

Bené queria que todos fôssemos para sua casa assim, com roupa de banho. Recusamos a proposta e preferimos passar em nossas respectivas casas para nos vestirmos mais adequadamente.

O ALMOÇO

Vesti uma calça jeans, camiseta e tênis brancos e óculos escuros. Em homenagem à Júlia e ao Bené, coloquei no pescoço uma pesada corrente de prata. Uma reverência ao estilo sambista. Uma velha moto setecentos e cinquenta cilindradas esperava-me na garagem. Acelerei pelas ruas da zona norte do Rio. Em poucos minutos, cheguei à casa de Bené, no lendário bairro de Vila Isabel, subúrbio carioca. Lá, fui recepcionado por dona Brirda, mãe do nosso anfitrião.

Uma senhora negra dona de uma simpatia que me deixou em silêncio.

— Você é o Ângelo? Estou esperando por você. O Ben teve que se ausentar por um instante, mas já está voltando — dona Brirda abraçou-me calorosamente. — Nossa, mas você é mesmo muito bonito! — falou sem constrangimento. — Acompanhe-me, por favor. Ah! A Júlia ligou, quis saber se você já tinha chegado. Meu Deus, ela deve estar mesmo apaixonada!

Aquela senhora de fala agradável levou-me por um corredor que se estendia ao longo de toda a casa. Ao final dele, me deparei com um ambiente festivo e muita gente animada. Algumas pessoas importantes da comunidade do samba estavam presentes. Um grupo de pagodeiros, incluindo o Betão, levava um partido alto de primeira. Entre eles estava o intérprete oficial da escola, o responsável por levar o samba do Bené na avenida.

Flagrei alguns olhares curiosos sobre mim. Seria eu ali um alemão? Dona Brirda trouxe pessoalmente uma cerveja, sentou-se à minha mesa, falou com alguém da mesa ao lado e gentilmente me serviu um copo da cerveja que estava geladinha.

Dona Brirda com sua hospitalidade me climatizou no ambiente e me deixou à vontade. Interagi com o ritmo do pagode e relaxei.

Em uma mesa próxima, uma loura que me fitou ao chegar mudou de lugar na mesa para ficar de frente para mim. Percebi o meu instinto de macho inquietar-se. Foi uma ligeira massagem no meu ego. Trocamos alguns olhares flertantes, lembrei-me de que Júlia estava para chegar e uma breve censura fez meu fogo arrefecer.

Na verdade, ainda me sentia um pouco estrangeiro ali. O comportamento das pessoas, os costumes, a alegria, sua cultura e seu modo vibrante de vida colocavam-me em um plano à parte. Eu estava um pouco constrangido por me sentir assim, um tanto "alemão", que na gíria da malandragem do lugar quer dizer "forasteiro".

Não tardou e toda a minha ansiedade se dissipou. Júlia tinha chegado e a alegria que contagiou a todos chegou até mim. O vestido colado ao corpo que Júlia usava tinha as cores amarelo e verde de sua escola. As partes do seu corpo que se permitiam ver mostravam uma pele firme e bronzeada. Seus lábios brilhavam, bem como seus olhos. Ela trazia pelas mãos uma linda menina; era Hayama, sua filha. Júlia beijou-me nos lábios e disse que sentiu saudades. Eu certamente senti o mesmo, mas quando ia lhe dizer, um rapaz, que tocava o surdo de marcação, a puxou pelo braço e a abraçou fortemente. Aquela cena incomodou-me, porém, não me cabia resolvê-la. Júlia se desvencilhou do abraço e educadamente se afastou do rapaz. Veio a mim e me abraçou. O rapaz em tom de ameaça olhou-me de cara fechada, falou qualquer coisa com outro homem e saíram. Bené estava chegando com Sara. Acenou a todos com gestos de saudação. Sentaram-se à mesa conosco e se serviram da cerveja que acabara de chegar. Júlia percebeu minha preocupação com o fato ocorrido e quis se explicar.

— Eu não tenho nada com ele, nunca tive. Ele é que fica no meu pé! Nunca lhe dei esperanças, falo com ele por educação.

— Você acha que ele oferece algum tipo de ameaça? — perguntei.

— De que estão falando, posso saber? — quis saber Bené.

— Do Marcão — disse Júlia. — Ele sentiu ciúmes ao me ver com Ângelo.

— Pode deixar, vou fazer com que o Marcão entenda.

Bené fez-se um líder na comunidade e esse tipo de problema ele contornava com facilidade.

Os músicos cessaram suas atividades e o almoço foi servido em silêncio.

Após o almoço, as pessoas foram aos poucos se dispersando. Uma velhinha que me observava desde que cheguei, com seu corpo curvado e o olhar apagado pelo tempo, veio a mim e com grande dificuldade disse-me alguma coisa que não compreendi. Ela balbuciou algo como:

— Zifiei é um grande Babalôrixa! Não usa figa de guiné e nem o velho patuá! Zifiei precisa tomar banho de arruda! Zifiei precisa acender velas e mandar flores pro seu orixá. *Heehi runm!*

Pouco entendi do que ela me disse. Sua voz era cansada, mas pela entonação e expressão, vi que se tratava de uma mãe de santo.

— O que ela disse? — perguntei.

— Ela disse que você é forte e tem o corpo fechado, mas precisa de proteção — explicou Júlia.

Eu quis agradecer, porém, a senhora já estava sendo cuidadosamente levada por duas mulheres vestidas de branco. Os músicos voltaram ao pequeno palco improvisado, com exceção do rapaz que tocava o surdo de marcação. Todos continuavam animados e cantavam um vasto repertório do samba.

Sentados à mesa estavam a senhora Brirda, Sara, Bené, Júlia e eu. Todos me olhavam em silêncio. Eu não valorizei o que ouvi da senhora a meu respeito, talvez por não compreender a mensagem que dentro de sua cultura tinha sentido e profundidade. Impressionou-me o desempenho da velhinha, durante todo o tempo ela me olhou sem parar e no final, a energia que ela soube tão bem administrar eclodiu em uma mensagem que a satisfez. E ela foi embora realizada, sabendo que tinha cumprido sua missão.

O dia passou rápido e a noite chegava com o cair do sol. Era hora de ir embora. Eu precisava descansar para o labor do dia seguinte. Estávamos cansados. O Bené mais ainda. Suas palavras estavam sem energia e saíam arrastadas. Era visível o esforço que ele fazia para se manter ativo. Seu corpo pedia cama e muitas horas de sono. Despedi-me de todos. Júlia acompanhou-me até a porta de saída. Combinamos de nos encontrar no próximo dia.

VISITA A JÚLIA

Eu estava visivelmente abatido, exausto pelo fim de semana sem descanso e também pela segunda-feira no trabalho, que fora muito estressante. Ainda assim eu queria ver Júlia, estar com ela e saber como tinha sido seu dia.

Após me desvencilhar das amarras que me prendiam à lanchonete, tomei um rumo certo, atravessei a cidade com o trânsito pesado e antes que a noite se fizesse madura, cheguei à casa dela. Porém, antes de bater à porta eu decidi ligar para comunicar que estava indo fazer-lhe uma breve visita.

O telefone chamou insistentemente e ninguém atendeu. Desliguei e liguei outra vez. Após quatro toques, ela atendeu.

— Pensei que estivesse dormindo — falei.

— Ah! Eu estava no banho — Júlia se explicou.

— Estou louco para te ver — disse.

— Por que não vem na minha casa? Também quero saber de você.

— Foi por isso que liguei, para dizer que estou na porta da sua casa. Devo entrar?

— É claro que deve! Estou esperando.

— Pode parecer estranho, mas só me lembrei de ligar quando já estava aqui!

Ao adentrar a casa, tive uma deliciosa sensação de estar em família. Contudo, nada disse. Júlia estava só e preparava-se para dormir. Na casa, a iluminação fria e a ausência de som davam ao ambiente uma calmaria, um conforto que isolava do resto do mundo.

— Ah! Que bom que você veio — disse me abraçando. — Durante todo o dia tive pensamentos felizes sobre você.

— Pensei em você também — falei. — Aliás, tive um dia muito feliz! Todo o meu dia de hoje te pertenceu.

— Esperei o dia inteiro por um telefonema seu — revelou Júlia.

— Quis ligar, mas tive um dia cheio no trabalho.

— Você deve estar cansado — Júlia quis saber.

— Sim, estou bastante, mas nada que possa me tirar o prazer de estar com você.

— Obrigada! — ela me beijou. — Você precisa descansar — disse-me, demonstrando preocupação.

— Não conseguiria dormir se não falasse antes com você.

— Eu também vou dormir mais feliz por ter estado com você — disse deitando a cabeça em meu ombro.

— Mesmo exaurido, eu queria ter você por um instante em meus braços. Isso me revigora, me dá muito prazer e me fortalece.

— Querido, eu terei uma boa razão para viver até amanhã se me prometer uma coisa — falou olhando em meus olhos com carinho.

— Que coisa? — eu quis saber. — Que você virá jantar comigo amanhã, aqui na minha casa.

— Humm... — murmurei longamente. — Está prometido! Ainda que o mundo vire de ponta-cabeça.

— Sem exagero! Será apenas um jantarzinho, uma desculpa para você voltar a minha casa.

— Para eu vir em sua casa não precisa nenhum jantar, você basta — eu disse isso com a voz carregada de romantismo. E carinhosamente nos beijamos.

Júlia ficou um bom tempo me avaliando enquanto acariciava minhas mãos.

— Você me traz luz, alegria, generosidade e conforto. Mal posso dominar minhas emoções quando o vejo.

— Sinto por você algo que jamais senti por alguém! — afirmei.

— É incrível; apesar de nos conhecermos há pouquíssimo tempo, parece que já o conheço de muitos anos.

— Embora a vida tenha nos conduzido por caminhos diferentes, posso dizer que há muita coisa em comum entre nós — concordei.

— Acho que juntos encontramos em nosso universo a possibilidade do amor — disse Júlia.

— Meu Deus! O sonho... — Ao ouvir o que Júlia disse, tive um sobressalto.

— Lembrei-me de um sonho que tive recentemente.

— Sonho? — perguntou Júlia.

— Sim, sonhei que alguém me dizia: "Você pode encontrar o seu amor verdadeiro em um quintal, derramado".

— Em um quintal derramado?! — Júlia repetiu tentando compreender.

— Eu também não compreendi, mas agora ficou claro. Aquele sonho era uma mensagem cósmica que no momento se aplica em fatos.

— Como assim? — Júlia quis saber.

— Veja bem, você é jovem, bonita e inteligente. É admirada e assediada a todo instante. Porém, fui o único a tocar seu coração. Ou seja, você é a essência, o tesouro, o amor que esperava por mim incondicionalmente.

— Entendo! Sabe que começo a acreditar que espiritualmente estamos ligados há muito tempo e só agora nos encontramos materialmente? — Ainda segurando minhas mãos, olhou profundamente em meus olhos.

— Quero muito ser sua mulher, sua companheira e estar com você em cada segundo de sua vida, para sempre.

Puxou-me em sua direção e apertou-me contra seu peito, seu ventre, contra seu corpo. E ficou assim. Segurando--me como se me quisesse dentro de si.

— O amor é o caminho mais curto entre nós — falei.

— E tivemos a sorte de nos conhecermos justamente nesse caminho. Para mim, será um grande privilégio acordar todos os dias sabendo que terei mais um dia para caminhar rumo ao seu encontro — assentiu Júlia.

Nesse momento, fez-se um longo silêncio entre nós. Ambos tivemos pensamentos profundos. Os meus, posso revelá-los. Muito embora pareça uma traição aos meus sentimentos, não pude deixar de me questionar. Pensei na minha condição social, na minha pouca idade e no meu futuro.

O que eu ganharia e o que perderia nessa relação?

Bem, eu estava perdido de amores por Júlia e submisso ao invólucro da paixão.

Devido ao envolvimento nessa história, eu não conseguia ter uma visão crítica sobre o nosso relacionamento. Achei por bem deixar as coisas acontecerem naturalmente.

Naquele dia, apesar do desejo mútuo, não nos permitimos ir além dos beijos e abraços. Uma prudência que nos fizemos cumprir com muito esforço, em nome de um relacionamento maduro, suave, duradouro e com o mais puro amor.

A REUNIÃO

Manhã de mais uma segunda-feira. Cheguei cedo à lanchonete, verifiquei todos os departamentos e constatei que tudo estava em ordem. Os primeiros funcionários assumiam sua função. A partir da cozinha, a vida ia se despertando em todos os setores da lanchonete. Logo, a cozinha, o escritório e a loja estavam plenos e hábeis para o funcionamento ao público.

Mandei erguer as portas de aço que faziam boca de cena para um dia claro e bonito. Estava declarado mais um dia de trabalho na construção do meu país.

Os clientes surgiam, cada um com o seu apetite. Os pedidos iam sendo repassados para a cozinha que já estava aquecida.

Eu havia colocado uma meta de venda para cada dia. E por isso cobrava pessoalmente de cada funcionário um desdobramento em suas habilidades. Isso estava surtindo efeito. No fim de cada dia, era visível o aumento no volume das vendas.

Era quase meio-dia quando o patrão chegou. Ele estava sério e com ar de preocupado. Foi direto ao escritório, mexeu em papéis e fez algumas ligações telefônicas. Chamou-me ao escritório e quis saber se estava tudo bem — referindo-se aos negócios da sua empresa. Eu lhe disse que sim e que tinha colocado uma meta de venda para cada dia da semana. O patrão não disse nada, não se importou com o que eu dissera. Retirou do bolso uma carteira e parece-me que procurava um endereço, número de telefone ou qualquer coisa assim. Ele demonstrava muita apreensão. Andava de um lado para o outro pensativo, colocou sua carteira de volta ao bolso, parou em minha frente, colocou sua mão direita sobre meu ombro.

— Preciso muito falar com você! — disse em tom firme, como quem dá uma ordem. — Quero que reúna todos os funcionários hoje à noite, após o encerramento do expediente — e foi bem claro. — Eu quero os funcionários dos dois turnos reunidos. Preciso falar com todos.

— Providenciarei, senhor! — O patrão sentou-se na sua cadeira à mesa e pediu que eu sentasse na cadeira oposta.

— Outra coisa, Ângelo, eu preciso me ausentar da empresa por uns dias. Vou a Portugal, é urgente, viajarei amanhã de manhã. Meu pai não está bem de saúde e a circunstância exige minha presença lá. Portanto, quero que você assuma todas as responsabilidades da empresa enquanto eu estiver fora.

— Sim, senhor! — exclamei surpreso.

— Não se preocupe, na reunião vou passar a você plenos poderes para que resolva qualquer assunto na minha ausência.

— Por quanto tempo... Quero dizer, quando estará de volta? — perguntei.

— Não sei! Tudo dependerá do estado de saúde do meu pai.

— Tudo bem, pode ir despreocupado, a nossa equipe de funcionários está preparada para conduzir os negócios da empresa na sua ausência por uma semana, um mês ou mais.

O telefone tocou, o patrão atendeu e pela conversa, entendi que havia uma pressão para que ele viajasse o quanto antes.

— Sim, já comprei a passagem, parto amanhã de manhã.

— Sim... Lisboa, Évora... Sim, mas eu tenho negócios cá! Não posso deixá-los e sair correndo! Não se desespere! Nossa Senhora de Fátima é que olha por ele. Está bem, amanhã mesmo estarei aí.

O patrão estava atordoado, era sem dúvida uma conjuntura inesperada. Ele colocou a mão esquerda espalmada sobre a testa, em um gesto de tensão. Sua mão escorregou pelos olhos, passou pelo nariz, boca e parou no queixo. Ficou assim, segurando o queixo pensativo e com o olhar fixo no bico do sapato. Sem retirar a mão do queixo, ergueu a cabeça e, olhando para mim, disse:

— Tenho que sair. Preciso organizar uma série de coisas inerentes à viagem. Talvez só volte para a reunião.

Dito isto, pegou alguns documentos que estavam sobre a mesa, colocou-os em uma pasta e saiu.

Fiquei ali no escritório por um tempo, tentando digerir mais uma responsabilidade que fora imposta a mim. Não que eu não fosse capaz, mas as coisas estavam se sucedendo muito rápido em minha vida. Coisas que eu não esperava estavam chegando e tornando cada vez mais pesada a minha carga.

Lembrei-me de Júlia e tive vontade de ligar para ela. Queria ouvir sua voz, sua respiração e partilhar com ela essa novidade. Ela certamente ficaria contente em saber que o meu patrão tinha em mim total confiança. Quando ia ligar, o Bené adentrou o escritório.

— Com licença, Sr. Ângelo — falou em tom de zombaria, uma brincadeira proposital.

— Pois não, Sr. Bené, o que o traz ao meu escritório? — retribui ao insulto.

— Oh! Meu escritório!

— Sim! Aliás, você é o primeiro a saber. O patrão quer uma reunião com todos os funcionários para hoje, após o encerramento do expediente. Ele viaja amanhã para Portugal. E eu vou ficar no comando da empresa enquanto ele estiver fora.

— Você! Tem certeza?

— Sim, eu mesmo — falei com entusiasmo.

— Não! Que santo é esse que te protege? Conta para mim. Você tem apenas oito meses na empresa, já chegou à gerência e agora tem toda a confiança do patrão, a ponto de ele viajar e deixar tudo em suas mãos!

— Bené, eu sou como aquela sementinha que um pássaro levou para o alto de uma montanha. E mesmo entre as rochas onde tudo parecia impossível e inóspito, ela encontrou uma fenda onde pôde germinar e deitar suas raízes. Lá ela cresceu forte e destemida. Tornou-se uma grande árvore, bonita e frondosa. Sua sombra acolhedora oferece abrigo e conforto a todo tipo de vida que passa por ali. A sorte está na força das circunstâncias, que se somam à energia interior de cada ser. Aquela sementinha teve sorte assim como eu! Sempre quis me envolver com o mundo dos negócios. Gosto de pessoas e tenho dom para lidar com elas. E administrar um negócio nada mais é que harmonizar pessoas e produtos e subtrair disso o recurso monetário, o objetivo final que move a humanidade.

— Entendi! — expressou Bené. — Você tem cabeça para lidar com pessoas. Isso é muito bom! São as boas cabeças que fazem empreendimentos, criam leis e promovem a cultura.

— Exatamente! — concordei. — O que seria do Carnaval se ele não fosse um negócio e ao mesmo tempo uma expressão cultural?

Bené havia me procurado no escritório para me informar do problema com o pedido de mercadorias da semana. O fornecedor de queijos só havia mandado metade do pedido e com custo acrescido.

Não me abalou a notícia, já que minha função era absorver os problemas e solucioná-los a contento da empresa.

Bené retornou ao trabalho na cozinha. E eu tratei de procurar a lista de fornecedores de queijo.

O dia passou e todos foram avisados da reunião. Os funcionários do primeiro turno compreenderam a eventualidade e todos retornaram à empresa após o segundo turno para se reunirem com o patrão. Ao término de mais um dia, baixei as portas da lanchonete. Os últimos clientes saíram. Fechei o caixa o mais rápido possível e encerrei o expediente. O patrão encontrava-se no escritório fazendo os ajustes finais da viagem. Toda a equipe unida o esperava no salão. Fui ao escritório e o comuniquei da disponibilidade de todos e tão logo começou a reunião.

— Pois bem. Pedi que reunissem todos vocês aqui porque tenho um comunicado a lhes fazer. Hoje de manhã, recebi um telefonema nada agradável. Era a minha irmã, que ligava de Portugal — o patrão limpou a garganta, ele estava emocionado. — Ela ligou para dizer que meu pai está internado em um hospital e seu estado de saúde é grave. Portanto, agradeço a presença de todos aqui e devo dizer que viajo amanhã para lá e não sei quando volto. Quero dizer, também, que em meu lugar aqui na empresa deixo o Sr. Ângelo, que assumirá toda responsabilidade, bem como todo dever junto a assuntos pertinentes à empresa. E para ser bem claro, repito: o Sr. Ângelo, a partir de amanhã, responderá por mim em todas e quaisquer questões que digam respeito a este negócio. Desde já conto com o desempenho e a colaboração de todos com o seu gerente. E, por favor, não modifiquem a maneira de ser e de agir aqui no trabalho. Confio na capacidade e talento de cada um de vocês. Mantenham a alegria e a receptividade, o nosso diferencial. Lembrem-se: o cliente gosta de ser bem tratado. E não se esqueçam: nossa loja é um oásis no meio do deserto. O cliente é um viajante sedento e faminto que traz consigo uma fortuna da qual queremos compartilhar.

Dito isto, encerrou a reunião, despediu-se de todos e foi embora. Os funcionários saíram, também saí e fui para minha casa.

HAYAMA

No sábado, Júlia veio me visitar. Apareceu de surpresa na loja, quase na hora de fechar. Foi agradável vê-la com Hayama, ambas sorridentes e felizes.

— Hayama quer que você vá jantar conosco — disse Júlia. — Compramos vinho, frios e chocolate.

— E chocolate um montão assim! — confirmou Hayama.

— Que bom que vocês vieram. E compraram um montão de chocolate assim! — falei erguendo a pequena e colocando-a sentada no balcão de mármore da copa.

"Que menina linda!", pensei enquanto observava sentada no balcão.

— Você quer comer uma torta de maçã? É uma delicia! — ofereci enquanto ajeitava carinhosamente uma mecha de cabelo atrás de sua orelha.

— Quero, adoro torta de maçã!

— E a mamãe, também gosta de torta de maçã?

— Sim, ela ama!

— Que bom! Assim posso pedir duas tortas de maçã quentinhas, uma para você e outra para sua mãe.

A pequena Hayama fez questão de escolher pessoalmente uma mesa. Ela e sua mãe lancharam enquanto eu encerrava o expediente e fechava a loja.

Na casa de Júlia, jantamos à luz de velas, acompanhados por Hayama, que logo se recolheu ao seu quarto e dormiu o sono dos anjinhos.

Conversamos bastante sobre nossas vidas, e eu quis saber do pai de Hayama.

— Era um jovem soldado norte-americano. Conhecemo-nos em Montgomery, no Alabama. Eu, uma menina de dezesseis, e ele, um fuzileiro de vinte anos. Hospedei-me na casa de seus pais por seis meses em viagem de intercâmbio estudantil.

— John, como todo norte-americano, era muito patriota e sempre usava sob a farda de fuzileiro uma camiseta branca que trazia escrito o lema do seu estado: *Audemus jura nostra defendere*, em latim. Traduzindo para o português: "Nós ousamos defender nossos direitos". John foi ao Iraque e, dois meses depois, um atentado em Kirkuk tirou a vida de dezesseis civis iraquianos e três soldados norte-americanos. Dentre eles, John...

Júlia se emocionou, e depois de certo silêncio mudou de assunto.

— E o seu patrão, quando volta?

— Ele passou um e-mail dizendo que chega terça-feira próxima.

— Isso é ótimo! Assim você vai ter mais tempo livre — disse Júlia.

— Não sei, parece-me que ele vem ajustar seus negócios aqui e volta em seguida para Portugal.

Júlia deixou transparecer sua decepção, isso não era o que ela esperava. Em parte, concordei com ela. Minha carga horária estava excessiva. Minha energia pessoal esgotava naquele trabalho. Porém, uma intuição de que as coisas mudariam com a chegada do patrão estava presente. Eu não sabia o que, mas já esperava por mudanças.

Enquanto conversava, eu acariciava as mãos de Júlia.

Nesse momento, percebi que ela me olhava com desejo. Beijei-a. A partir desse instante, não falamos mais. Apertei-a contra mim e fomos para o quarto.

No domingo, demorei a acordar. Estava bem relaxado e me sentindo confortável na cama. Acordei com um sopro de felicidade! Janis Joplin invadia toda a casa com "Cry baby". Júlia, que levantara cedo, preparou a mesa para o café da manhã. E cuidou de temperar tudo com a melodia embriagante de corpo e alma que Janis nos legou.

Almoçamos no início da tarde. Tempos depois, Júlia e eu bebemos vinho e ouvimos música.

Hayama mais uma vez dormiu. E Júlia preparou um banho. A água quente da hidromassagem nos fez relaxar por todo o resto do dia. A noite chegou e eu não encontrava forças para ir embora. Quando pensava em me despedir, Júlia arranjava outra coisa para me prender.

Dessa vez, ela colocou em ação um mestre do cinema: Ingmar Bergman. E seu argumento foi nada menos que "Morangos Silvestres". Depois do filme, eu quis de fato ir embora, achei que já estava incomodando demais. Engano meu. Outra vez Júlia me convenceu de modo bastante espontâneo a passar mais uma noite com ela.

O TEATRO

Júlia ligou me convidando para ir ao teatro. Havia estreado no centro cultural Banco do Brasil, na Candelária, um espetáculo diferente. Um projeto que reúne teatro, pintura, escultura, fotopoesia, dança e filmes. Um grande encontro da cultura artística.

O diretor do projeto era seu amigo e a convidara a participar no espetáculo representando a figura da mulher no carnaval carioca. Ela estava entusiasmada, queria ver primeiro de fora e sentir a energia do trabalho, para depois pensar uma personagem condizente com a proposta do evento. Quanta beleza! A imagem da sedução, da delicadeza, do encantamento, a vaidade esculpida dando forma à sensualidade feminina. Um encanto que atrai os olhos, que atiça a mente e flagela nossos desejos. A figura da mulher no carnaval carioca, por si só, já é um espetáculo.

Júlia desligou o telefone e em pouco tempo passou em minha casa para pegar-me.

— Saiu uma reportagem no jornal esta semana — disse Júlia, mostrando-me uma página em que o diretor do projeto dizia trabalhar com o Alegre-Dramatismo, definição criada por ele para expressar uma linguagem de ideias e trabalhos fundados em pesquisas e com base em um rico caldeirão cultural, que, segundo ele, está exposto diante de nós onde quer que estejamos. É só olhar para a arquitetura que nos cerca, ouvir as pessoas, provar de todos os sabores, envolver-se com as cores e se deleitar com as canções.

Todo o conteúdo do projeto é forte e incomoda, tal qual tudo que é expressivo. Porém, o que mais me impressionou foi um filme em terceira dimensão feito no belíssimo céu de Brasília. No Planalto Central, onde o horizonte parece nos convidar para uma viagem sem fim. E o céu forma uma imensa nave cujas nuvens compõem uma claraboia com cores e matizes do arco-íris. Andar por Brasília é como passear por uma catedral admirando em seu teto, uma obra de arte que nos toma pelas mãos e nos leva por sua profundidade infinita. A nuvem tem volume, consistência, peso e contornos bem definidos. É uma obra contemplativa viva, que tende para o surrealismo. Sua beleza nos atrai e desperta nosso inconsciente para a liberdade criativa.

No filme, o artista capturou o movimento das nuvens formando figuras exóticas e as colocou em sincronia. Ficou um show. As nuvens formam figuras que, reunidas em bloco, relacionam-se entre si, depois se desfazem e outra vez se condensam para formar outra figura. O balé das nuvens é uma obra-prima.

As luzes apagam e três gritos misteriosos anunciam o início do espetáculo. As luzes voltam em uma penumbra. Entram os loucos. Cada um representa um universo, a expressão do inconsciente humano. Surgem loucos por toda parte. Eles emitem sons grotescos que vão crescendo e convergindo em um grande grito selvagem.

Tem uma personagem, uma figura simbólica que no transcorrer de todo espetáculo, não diz uma única palavra, apenas viaja pelo mundo levando consigo uma mala pesada. Dentro daquela bagagem estão os seus segredos, segredos que perturbam o seu juízo e que ditam os seus passos. Cada vez mais presa à mala, a personagem já não mais busca os seus caminhos, mas se deixa levar ao bel-prazer de uma busca alucinada e totalmente insana.

Tudo que há nesse trabalho é grandioso artisticamente. Só um artista corajoso, que tem frieza na criação, pode incomodar tanto no sentido da inquietação. A obra-prima se define pelo seu grau de excitação, de provocação ao intelecto. Não por acaso, enquanto acontece o espetáculo, as ideias brotam em nossas mentes, mas antes que pensemos, outro acontecimento nos arrasta e nos envolve em sua ação. Sem tempo para respirar, mal percebemos que também somos parte integrante desse espetáculo. São tantas informações ao mesmo tempo, que, no fim, ficamos abstraídos e com um enorme sentimento de vazio. Fica em nós um desejo de... não sabemos bem de quê! Precisamos refletir, distanciarmos desse universo para melhor entendê-lo.

Júlia e eu saímos do teatro e fomos a um restaurante na orla de Copacabana. Tínhamos fome e queríamos aproveitar mais a noite agradável. Falamos pouco do teatro, estava difícil digerir o acúmulo de informações e formar uma crítica pessoal. Entretanto, era unânime a opinião de que estávamos encantados com tudo que envolvia o espetáculo. E já se esboçava em nós um leve desejo de assisti-lo novamente.

Júlia quis saber da minha opinião sobre sua participação no quadro aberto a convidados.

Eu lhe disse que caberia perfeitamente no contexto do projeto. E que adoraria ver o seu desempenho dando um colorido especial a um trabalho já tão bonito.

Via-se claramente em Júlia um suave ar de felicidade. Ela exercia a plenitude de sua jovialidade com alegria de viver. Coisas belíssimas em sua vida estavam acontecendo, dizia ela. Era como um jardim bem regado que florescia. Como uma doce melodia que traz à alma o encanto e a sedução.

— Qual o seu maior prazer? — perguntou Júlia.

— Bem, acho que viver intensamente é o meu maior prazer! Também a felicidade está entre as minhas prioridades.

— Certamente que sim — completou Júlia. — Quando temos prazer em viver, irradiamos alegria. E isso atrai bons acontecimentos, coisas agradáveis e situações favoráveis. Quando estamos muito felizes e irradiamos prazer, ficamos mais acessíveis às energias positivas. Nossas respostas ao mundo são mais objetivas e nós nos tornamos mais saudáveis.

— E por falar em resposta ao mundo, você já tem uma para o seu diretor?

— O espetáculo me emocionou e uma figura feminina do carnaval carioca vai torná-lo ainda mais rico — disse Júlia.

— Isso significa que você vai aceitar o convite?

— Isso mesmo, criarei uma performance exclusiva para o projeto.

— É isso aí! Brindemos, então, à mulher brasileira — ergui a tulipa de chopp. Júlia também ergueu a sua.

— Brindemos à força da mulher brasileira!

O AMIGO

A amizade é fruto de mentes em comum, é a expressão de almas pares sobre os mesmos desejos da vida. A dimensão, o tom e o rumo da amizade encontram-se nos nossos próprios valores.

O verdadeiro amigo às vezes nos parece tolo, outras nos parece extremamente sábio. Mesmo sendo pobre, nós o vemos rico, pois ele possui a força que procuramos na ciência e a confiança que encontramos na fé. Não sabemos se ele é branco, preto ou amarelo, porque ele tem a nossa cor! Quando perto, vemos o seu tamanho real. Quando longe, no tempo ou no espaço, a saudade o torna gigante para que o vejamos nítido em nossa imaginação. O verdadeiro amigo participa dos nossos segredos não como um explorador, mas como um observador, cuja visão externa pode dar luz ao nosso juízo.

A face da verdadeira amizade traz o sabor da expectativa, é transparente, cristalina e suave. Ela se apresenta de forma tão humilde que esconde a verdadeira importância que traz às nossas vidas.

Em algumas oportunidades, o conjunto de forças que rege a vida cria ângulos que condicionam nossos pensamentos, nossas atitudes e nossas ações. É comum, no cotidiano, aprisionarmo-nos em um mundo cada vez menor e ali, sem percebermos, tornamo-nos descrentes quanto aos nossos sonhos e reduzidos de nossa visão do horizonte, até nos tornarmos alguém sem face, sem mente e sem perspectivas. Nessa hora, um bom amigo sabe nos conduzir com segurança pelos caminhos fragilizados de nossa mente, até encontrarmos firmeza e confiança para seguirmos sozinhos o nosso próprio caminho. Com um amigo, devemos ter zelo, para não ofendê-lo, carinho para agradá-lo, determinação para alcançá-lo e respeito para reverenciá-lo. Pois, quando nos encontramos a sós, esquecidos pelo mundo, desnorteados, sem rumo a seguir, é o amigo que vem nos trazer afeto, mostrar o horizonte e dizer: "Olha o futuro à sua frente! Veja a imensidão de possibilidades! Você tem várias opções! Escolha uma e faça dela o seu veículo de vida".

A amizade é um instrumento social que funciona como alavanca para nos tirar de nossas clausuras e nos impulsionar rumo a nossa determinação pessoal. A amizade é um quadro em que vemos refletida a nossa imagem. São os amigos que valorizam esse quadro, elevando-o ao patamar de obra de arte. É nos amigos que buscamos inspiração para esboçar a nossa própria realidade e nos tornarmos um exemplo humano.

Tive sorte de encontrar em Bené a gratuidade de uma amizade verdadeira. Ele vinha sendo solidário, dando-me forças e motivos para a alegria de viver. Encontrei nele um nobre confidente, era do tipo meio amigo, meio pai, que mostra a vida e indica as possibilidades do acerto. A prosperidade está com ele e ele a distribui fartamente e sem discriminação, simplesmente porque respeita a todos e a todos deseja o bem.

Quis o destino me apresentar a um amigo. Apresentou-me a um superamigo, homem simples que faz questão de ensinar o que sabe sem esperar retorno. Um amigo sem relógio e sem agenda, seu tempo é a sua vida. Um homem que anseia pelo pôr do sol, pois é à noite que ele vive seu lado artístico! É à noite que ele se distancia do homem comum, cresce intelectualmente e vive sua utopia. Ele nasceu no samba e no samba se criou. Tem a melodia na fala, ritmo nos passos e nas batidas, o compasso do samba no coração. Ele vive em paz com seu mundo e acredita que o sucesso um dia, ou em breve, virá! Ele não sabe, mas ele é o próprio sucesso em pessoa. O traço mais forte de sua personalidade é o seu sentimento pela vida humana. Isso lhe dá a dimensão de um herói quando, ao transcender sua autoestima, conquista o pódio da amizade. Sua alegria, sua confiança e sua bondade tornam seus dias claros e suas noites lúcidas. Suas ideias e suas esperanças perpetuam-se em suas composições. Sua obra tem força suficiente para atravessar gerações e levar o seu legado muito à frente dos seus dias.

O JANTAR

O patrão voltou de Portugal com novas perspectivas para sua vida.

Passou o dia tratando de assuntos particulares e só apareceu na loja no fim da tarde, quando lhe prestei contas dos negócios da lanchonete.

Apresentei-lhe toda a contabilidade e ressaltei com orgulho um significativo aumento no volume de vendas das últimas semanas.

Ele ouviu sem muito entusiasmo.

Sua cabeça voltou cheia de ideias e seus negócios futuros estavam muito acima dos propósitos da lanchonete.

Quis saber se eu podia jantar com ele, pois precisava falar-me de negócios.

O que seria esse "falar de negócios"? Era apenas um empregado na sua empresa e negócios pressupõem empreendimento. Pensei em dizer não, recusar o convite. Não queria mais um compromisso, os que eu tinha eram o bastante. Ainda assim, aceitei o convite tanto por curiosidade, quanto por obrigação.

Fomos a um restaurante em Ipanema, situado na cobertura de um edifício com frente para o mar. O lugar era ponto de encontro de uma classe bem-sucedida que ali virava a noite contando casos antológicos de suas vidas.

Na chegada, o garçom nos convenceu sem muito esforço de que no terraço seria mais confortável. Além do ar fresco vindo do mar, desfrutaríamos, naquele dia especialmente, de uma visão privilegiada, já que era noite de lua cheia.

Como alguém que jamais vira um luar em noite de lua cheia, fiquei encantado. A lua surgiu lentamente por entre o topo dos prédios. Ergueu-se e despejou luz sobre toda invisível e imortal alma vivente. Vida, como escapar da sorte se a sorte é vida! Com força sobre um mar incessante vi reverberar a lua que de tão profunda virou poesia. O mar iluminado e sonoro fez-se convidado e participou do diálogo em nossa mesa.

Notas musicais vinham do interior do restaurante e traziam um aromático perfume de mulher. Sobre um pequeno palco, um quarteto tocava um jazz suave e agradável que nos fazia esquecer o tempo.

A parte interna do restaurante tinha todas as mesas ocupadas por casais que bebiam, comiam e falavam alegremente. Eram pessoas rotineiras que frequentavam aquele lugar por décadas. Ali eles se sentiam bem, estavam entre seus pares.

O garçom, profissional prestativo, serviu-nos uma garrafa de vinho que suavizou minha ansiedade.

O patrão contou-me de sua vida, da viagem que fizera a Portugal, e falou-me de seu pai.

Portugal, ano de 1938. Aos dezessete anos de idade, um garoto movido pela força da adolescência e atraído pela grande energia tirânica que acometia parte da Europa, decidiu deixar a família, a escola, os amigos e ir para a Alemanha.

Ele queria servir no exército alemão. A propaganda nazista com sua ideologia totalitária e de agressivo nacionalismo expansionista o atraiu. Seu pai era alemão, e sua mãe, portuguesa.

O jovem queria retornar à origem paterna e decidiu ir sozinho para a Alemanha.

Saiu de Portugal, cruzou a Espanha e a França de carona. De passagem pelo território espanhol, por coincidência estava em Pamplona, no último dia da festa de São Firmino. Foi um dia de perplexidade em sua vida. O dia em que ele viu o homem em sua expressão malvada. Uma multidão vestida de branco com lenços vermelhos amarrados à cintura cantava e se encharcavam uns aos outros com vinho e champanhe. Nas ruas, sem medo e sem culpa, brincavam com a vida diante de uma manada de touros enfurecidos. Pessoas deitadas ao chão formavam uma espécie de tapete humano para que os touros passassem sobre elas. A vaidade espanhola corria pelas ruas e foi até a arena, com a disputa entre touro e toureiro, de tradições milenares. À primeira vista, causava repulsa e indignação, mas com o tempo as pessoas foram assimilando as informações consensuais e se acostumando com o horror do esporte. O objetivo desse esporte é matar o adversário. Porém, ficaram no ar algumas perguntas: "Onde está a lógica em matar um adversário que não tem a faculdade do raciocínio? Infligir a dor e o sofrimento a um ser sem consciência própria, apenas para satisfazer uma autoafirmação histórica?".

O jovem deixou a Espanha e seguiu para Frankfurt, na Alemanha, onde tinha parentes e um amigo que o ajudaria a ingressar no exército alemão.

Por sorte, na última etapa da viagem, ele tomou carona em um caminhão que transportava uma carga de aveia.

O motorista era um belga que o convencera a ir para a Bélgica.

Durante a viagem, o motorista falou de um senhor, já de muita idade, proprietário de um grande restaurante, para o qual ele trabalhava transportando alimentos.

Disse-lhe que o senhor precisava de um ajudante pessoal e que pagava bem.

O jovem não tinha interesse no emprego, seu objetivo era claro, ele queria chegar o quanto antes na Alemanha. Todavia, chegando à Bélgica, ainda manteve seu pensamento focado no exército alemão por alguns dias.

Mas, logo que conheceu o senhor Johan Aboab e seu restaurante, decidiu ficar até conseguir dinheiro suficiente para prosseguir com seu sonho.

Em pouco tempo, foi se adaptando ao trabalho e à difícil personalidade do senhor Johan.

Os rumores da guerra eram cada vez mais presentes.

O senhor Johan Aboab, apesar da idade e de sua excentricidade, tinha uma visão lúcida do que estava por vir.

Ele havia estocado em um imenso porão em baixo do restaurante, com entrada por meio de uma portinhola secreta, centenas de toneladas de grãos, farinha de trigo, aveia, macarrão, sal, condimentos, óleos e outros produtos como fósforo e velas.

Aquele senhor tinha passado por uma guerra e sabia que esta seria a pior de todas.

Ele tinha esposa e filhos, porém todos o abandonaram e fugiram temendo o antissemitismo. Ele não sabia como ia acabar aquela perseguição aos judeus e já estava velho demais para fugir. Então, preferiu ficar e se preparar para a guerra.

Decidiu, assim, gastar parte de sua fortuna em um monstruoso estoque de alimentos.

Ele dizia: — Não sei como lidar com as guerras, mas sei que uma pessoa bem alimentada pensa melhor!

Poucas eram as pessoas que sabiam de seus pensamentos, e muito menos os que sabiam de seu estoque de alimentos.

Aqueles que sabiam eram gente de sua confiança que trabalhavam para ele e compartilhavam de suas ideias.

O jovem aos poucos ia esquecendo o exército alemão e se encantando com a personalidade do senhor Johan.

"Como pode uma pessoa com essa idade ter a mente tão lúcida?" perguntava-se o jovem.

O senhor Johan era prudente e rígido no comando de seus negócios. Todavia, seu físico não mais obedecia a seus impulsos. Aí se aplicavam a força e o vigor do jovem, que servia de extensão para resolver os assuntos do restaurante.

O senhor Johan pensava os seus negócios e determinava ao jovem que os colocasse em prática. Este, com sua agilidade e inteligência, fazia cumprir com presteza suas ordens. E assim ele cresceu no conceito do senhor Johan Aboab. Aonde quer que o senhor Johan fosse, o jovem estava junto. Com o tempo, criou-se um vínculo de amizade entre os dois, como se fossem pai e filho.

O senhor Johan ficava cada dia mais debilitado e mais dependente do jovem.

Os sinais da guerra já estavam por toda parte. O exército belga se preparava. Caminhões lotados de fuzileiros cruzavam a cidade a todo instante. O estado de sítio que se instalara na capital fora estendido a todo o país. Pessoas suspeitas eram detidas e interrogadas exaustivamente. O governo cancelou as licenças no exército e convocou os reservistas por classes.

Antes, o jovem se comunicava frequentemente com seus pais, agora não podia mais fazê-lo. Todas as mensagens telefônicas e telegráficas para fora do país foram suspensas.

As famílias se entocaram em suas casas. Nas ruas desertas, só se via o aparato militar.

Sirenes foram instaladas nas ruas para possíveis toques de recolher. No rádio, ouviam-se notícias da ofensiva alemã. Ouvia-se, também, o apelo de autoridades que pediam o fechamento do comércio e que as famílias ficassem em suas casas ou abrigos e estocassem alimentos e água suficientes para um período indeterminado.

O cerco estava se fechando. Via-se claramente o medo estampado no rosto das pessoas. A conversa nas ruas tinha um tom de pavor e pressa. Era preciso urgência para se organizar. Mas organizar-se para o quê, afinal? Para fugir, para se entregar e sofrer as consequências da covardia, ou para estar apostos e encarar o inimigo olho no olho?

O Rei Leopoldo III, aflito, fez um apelo angustioso aos aliados, pediu que viessem em socorro de seu país.

E, tão logo, tropas francesas e britânicas estavam a postos atendendo ao seu pedido.

O senhor Johan Aboab decidiu encerrar as atividades no restaurante, mas exigiu que os funcionários que não tinham família permanecessem com ele.

E ali passaram uma semana olhando pela vidraça o movimento na rua. Soldados que iam e vinham. Raramente via-se um civil apressado cruzar a rua, indo possivelmente atrás de provisões ou remédio para a família. O rádio permanecia ligado todo o tempo. E as notícias não eram animadoras.

"Os exércitos alemães invadiram a Holanda, Luxemburgo e adentraram as fronteiras da Bélgica. Eles estão chegando", o rádio anunciava.

O medo, a dúvida e a incerteza dominavam as mentes e instauravam o pânico. Não há nada mais pavoroso do que esperar pelo inimigo sabendo que ele vem para esmagar!

No dia 17 de maio, pela manhã, houve uma grande movimentação das tropas aliadas e, em seguida, irrompeu-se um silêncio assustador.

Nas ruas não se via ninguém, Bruxelas era só silêncio e tristeza.

No restaurante, ninguém sabia o que estava acontecendo. A estação de rádio saiu do ar e o senhor Johan, nervoso, andando de um lado para o outro, ordenou que baixassem as cortinas.

Horas mais tarde, Bruxelas estava ocupada pelos alemães.

Um estrondoso ruído de tropas mecanizadas e uma infindável coluna de soldados silenciosos passavam em frente ao restaurante.

Era o exército do general Von Reichenau. O mais temível dos comandantes de campo de Hitler.

No restaurante, a dúvida, que já era grande, tornou-se maior. O que teria acontecido com o exército belga e a tropa aliada? Não houve confronto, nem se ouviram disparos. Qual foi o mistério?

Dias depois, ficaram sabendo. Os alemães isolaram as tropas belgas e fez os aliados recuarem de Bruxelas.

Naquela noite, ninguém dormiu. Por toda a noite ouviam-se gritos de mulheres e disparos por armas de fogo aqui e acolá.

No dia seguinte, pela manhã, um capitão da SS bateu à porta do restaurante. Ordenou que todos estivessem com seus respectivos documentos em mãos. Quis saber quem era o proprietário. O senhor Johan se apresentou.

O capitão, então, prosseguiu fazendo perguntas e preenchendo um cadastro com os bens e propriedades do senhor Johan, bem como de todos os de seus funcionários.

Assim que terminou de preencher os cadastros, ele ordenou aos soldados que retirassem as pessoas do restaurante.

Enquanto os soldados encaminhavam todos para a rua, o capitão ordenou que parassem imediatamente.

Outros soldados que vasculhavam a área descobriram o gigantesco estoque de alimentos no porão.

Após uma inspeção minuciosa no porão, prosseguiu-se um interrogatório bruto e cheio de ameaças.

Colocaram os funcionários perfilados em pé! E o senhor Johan, sentado numa cadeira à frente de todos.

O capitão, aos berros, quis saber a quem pertencia o depósito de alimentos, já que não fora declarado no formulário, e qual a sua finalidade. O senhor Johan tremia da cabeça aos pés e, atordoado, não conseguia responder. O superior esbravejava no ouvido do pobre velho, que tremia convulsivamente.

O capitão virou-se, apontou a arma para a cabeça do jovem e no último segundo, desviou a mira para o homem que estava ao lado e disparou.

Um tiro a queima-roupa na cabeça, o corpo caiu inerte. O sangue jorrava aos pés do senhor Johan que, munido da pouquíssima energia que lhe restava, levantou a mão direita em um gesto de quem iria falar. Muito cauteloso com as palavras, conseguiu se explicar:

— A fome é a pior inimiga de quem vive a guerra. O estoque de alimentos que se encontram no porão foi comprado com meu dinheiro. Todavia, não pertence a mim! Pertence a quem tem fome. É provisão de guerra!

Depois de um silêncio, completou:

— Por isso, não o declarei.

Em seguida, houve um longo silêncio, em que o carrasco pareceu pensar.

Era contrastante a juventude e vigor do oficial nazista, perante a imagem enfraquecida do velho judeu. Mas nada no mundo podia mudar o destino do senhor Johan, e ele foi encaminhado para um campo de concentração.

Antes de sair, o senhor Johan pediu ao oficial que o deixasse apanhar o seu chapéu que estava no escritório.

Pediu, também, que o jovem, seu fiel ajudante, o acompanhasse, já que ele mal podia andar.

O oficial consentiu, visto que o pobre velho tinha direito ao seu último desejo.

No escritório, o senhor Johan apanhou debaixo de um jarro com flores um envelope lacrado, entregou-o ao jovem e pediu:

— Tome cuidado para que ninguém o tire de você. E só abra quando a guerra terminar.

O jovem guardou rapidamente o envelope no bolso e, mais tarde, o escondeu em lugar seguro.

O senhor Johan seguiu com passos lentos e cabeça erguida rumo ao desconhecido, ao temível, ao abominável holocausto.

O jovem foi considerado traidor por ser um alemão que prestava serviços a um judeu. Sua pena: prestar serviços para o exército alemão pelo tempo que durasse a guerra. Local de trabalho: o próprio restaurante. Já que os alemães tiveram uma herança compulsória de alimentos que durariam anos.

O restaurante passou a ser a cantina dos oficiais da SS. Local de encontro onde bebiam, comiam, jogavam carteado e levavam mulheres.

Os anos de guerra passaram lentamente. O jovem foi mantido no porão do restaurante pelo tempo que durou a guerra. Durante os longos invernos que ali passou, o jovem se protegia do frio envolvido em cobertores que ele mesmo confeccionava utilizando sacos vazios. Sua rotina consistia em controlar a saída de alimentos do porão, bem como a limpeza e arejamento do local. À noite, trabalhava na cozinha da cantina, de onde podia ver todos os dias a farra dos oficiais alemães e seus convidados. Alimentava-se da sobra da cantina e não lhe era permitido beber outra coisa senão água.

No início, por mais que ele tirasse fardos e mais fardos, a montanha de alimentos parecia intacta.

Os anos foram passando e o número de oficiais na cantina aumentou, bem como o número de mulheres e convidados.

O imenso estoque de alimentos foi baixando lentamente. Nada resistia à fome daquela gente. Até que um dia, quase nada havia para retirar do porão. Muitos oficiais que frequentavam a cantina em uma rotina festiva nunca mais voltaram. Por algum motivo, desapareceram. Uns poucos que apareciam por lá pareciam preocupados e tinham pressa.

Certo dia, a cantina encontrou-se totalmente vazia. Nem oficiais, nem mulheres, ninguém apareceu por lá.

Os alemães haviam desocupado a Bélgica! Era o início da liberdade. A alma belga amanhecia livre de seu pesadelo!

Embora com um amanhecer turvo e cheio de dúvidas. O jovem, desiludido e desnorteado, não sabia o que fazer.

Olhou para aquele restaurante imenso, totalmente vazio, e sentiu-se também vazio. Sentou-se em uma cadeira e chorou!

Foi um choro para lavar a alma, limpar-se de toda aquela sujeira impregnada pelos anos de sofrimento, dor e aflição.

Estava envergonhado, sentindo-se culpado, decepcionado pelo seu equívoco pessoal e por ter tomado parte em um equívoco ainda maior, que foi a Segunda Guerra Mundial.

Porém, a guerra não acabara apenas, a Bélgica fora desocupada.

O fim da guerra só veio mais tarde, quando a Alemanha foi tomada e Hitler se matou.

Toda a Europa estava destruída econômica e moralmente.

Para cada sobrevivente, era hora de reciclar o pouco que ainda restava de si.

Resgatar as forças que haviam em um fio de esperança e preencher o vazio que a guerra criara.

O jovem, então, lembrou-se do envelope que o senhor Johan lhe dera.

Foi ao local onde o havia escondido, apanhou-o e abriu-o cuidadosamente.

No envelope estava o endereço e local onde o senhor Johan mantinha um cofre com os documentos de suas propriedades, bem como outros objetos de muito valor. O jovem foi então ao endereço indicado no bilhete. Era uma casa de aparência abandonada, propriedade do senhor Johan. Jamais alguém imaginaria que em um local inabitado e com aspecto sombrio pudesse existir um tesouro tão valioso escondido.

Ao abrir o cofre, o jovem se deparou com um grande tesouro, uma imensa fortuna em diamantes, ouro e alguns milhões em libras esterlinas. Além dos documentos de propriedade do imóvel onde funcionava o restaurante e da casa em que se encontrava o cofre, um testamento lhe dava direitos sobre tudo isso.

O jovem, ao ver aquele cofre transbordando valores inestimáveis, teve medo! Medo de assumir aquela fortuna.

Sua consciência dizia que ele talvez não devesse aceitar, pois não tivera participação em sua conquista.

O que fazer com tudo aquilo que veio parar em suas mãos de forma inesperada?

Abriu outra vez o envelope e examinou o testamento com calma.

Só, então, se deu conta de que havia uma cláusula, com uma única condição.

Ele devia fazer multiplicar aquela fortuna e dividi-la com outros que, por sua vez, fariam o mesmo.

O jovem aceitou a condição. Era ele, agora, um milionário! Absorveu toda aquela fortuna e voltou a Portugal.

— Aquele jovem de atitudes e energias indescritíveis é o meu pai. Hoje ele vive seus últimos dias de uma vida cheia de aventura, sorte e sucesso. Sua forte personalidade fez o seu destino. Meu pai costuma dizer que: "A sorte e o abismo caminham juntos". Hoje, é dono de um dos maiores patrimônios em Portugal, e sua respeitabilidade vai além de muitas fronteiras.

A vida abre muitas oportunidades para cada um de nós. Porém, quase sempre não enxergamos ou sabemos distinguir e aproveitar essas oportunidades.

Na vida, quase sempre nos cansamos na busca de uma riqueza, sem que sequer avistemos patrimônio algum.

— Bem... Esse é apenas o resumo de uma história, para que você entenda o motivo da proposta que vou lhe fazer.

Já era tarde e a noite esfriara bastante. A lua majestosa pairava sobre nós ao sul do Equador. Tínhamos bebido algumas garrafas de vinho e saboreado um bom peixe grelhado.

— Portanto, vou ser simples e objetivo — disse Antonio Camilo. — A partir de amanhã, você será o dono da lanchonete. Você cuida da mudança para o seu nome. Estou transferindo a você parte de um legado histórico. Fica sob sua responsabilidade construir um grande patrimônio e repassar a semente dessa história adiante. E só tenho quinze dias para resolver a minha vida aqui no Rio de Janeiro e voltar a Portugal. Lá, terei uma vida de muito trabalho, já que administrarei essa imensa fortuna iluminada pelo zelo da história.

O PROJETO

Todos os dias, onde estivermos, fazendo o que for, uma coisa é certa: estamos cara a cara com o destino. Ele é orientado por nossas convicções e pela força de nossas atitudes. Mesmo que nos tranquem no fundo de uma prisão, mesmo que nos reprimam e nos amordacem; se nos deixam livre o pensamento, então, temos livre o nosso destino.

Conta a história que um homem líbio fora preso por ordem de um ditador. Esse homem era um comerciante de tecido que se recusou a pagar os impostos abusivos exigidos pelo tirano. Por isso, foi preso e viveu parte de sua vida em uma detenção intransponível. Entretanto, enquanto esteve preso, jamais deixou de pensar em um país justo, onde se pudesse trabalhar e viver com dignidade. Manteve seu pensamento no comércio de tecidos pelo tempo que durou sua prisão. Então, lentamente e de forma precisa, um plano de negócios ia se formando em sua mente. Um dia, as portas do presídio foram abertas, o ditador havia caído. A tão esperada liberdade havia chegado. Quando livre, pôs o plano em ação. E, para sua surpresa, o plano funcionou muito bem, e seus negócios cresceram e se multiplicaram. O homem, então, esquecia os sofrimentos da prisão e se tornava o maior mercador de tecido do seu país.

Hoje, percebo que um grande negócio depende mais do vislumbre, da visão sobre o próprio negócio do que qualquer outra coisa. O conhecimento aliado ao tempo de maturação da ideia é fundamental na incubação de uma empresa.

Desde que me tornei proprietário da lanchonete, tenho observado e testado algumas tendências do meu ramo de negócios. Um exemplo é a multiplicação em rede que, em alguns casos, vai além da cidade de origem, espalhando-se por todo o país e até pelo mundo. Outro exemplo é a diversificação de produtos no mesmo negócio.

Durante um ano, trabalhei para que a lanchonete produzisse no seu máximo. Empenhei-me na qualidade dos produtos e do atendimento ao cliente. Meu esforço deu resultado, o fluxo de clientes dobrou, assim como os rendimentos da empresa.

Capitalizei a empresa e a preparei para um salto em tamanho e qualidade. Para isso, contratei um arquiteto que projetou uma nova lanchonete.

Foi uma mudança radical, com todo o rigor cartesiano.

O projeto nos mostrava uma lanchonete moderna com uma fachada simples, porém, inteligente. Antes, havia um enorme painel luminoso com letras gigantes e muitas propagandas; depois, a fachada ficou ligeiramente curvada com fundo de metal prateado e apenas o nome da lanchonete (Água de Coco) e o seu símbolo em alto-relevo. A porta de aço deu lugar a uma enorme porta de vidro com portais dourados. As paredes de alvenaria foram retiradas e colocadas no lugar paredes de vidros transparentes, que funcionariam como vitrine, deixando o interior da loja à vista para quem a olhasse da rua. Ao adentrar a loja, era possível encontrar, à direita, uma copa com um longo balcão de granito e banquinhos giratórios. As muitas luminárias embutidas no teto de gesso rebaixado dariam a impressão de um ambiente muito maior do que era na verdade. Os clientes teriam mesas e cadeiras mais confortáveis. Todos os funcionários teriam uniformes; calça e sapatos pretos, camisa branca listrada de vermelho e touca vermelha. O uniforme, além de higienizar e trazer a estética, tem o poder de personalizar o grupo.

Decidimos inovar com um departamento de conveniências, um pequeno empório onde nossos clientes encontrariam bons vinhos importados, azeite português e espanhol, queijos suíços e o delicioso queijo de Évora, entre outros. Além de chocolates, balas, castanhas, doces e bebidas em geral. Esse pequeno departamento ficaria à direita da copa para quem entrasse na lanchonete. O salão com as mesas ficaria à esquerda. E a cozinha ficaria atrás da copa.

No projeto, a cozinha seria a que mais se beneficiaria em dimensões físicas. Era uma cozinha planejada para atender vinte lojas a mais, incluídas no projeto de expansão da empresa. Seu espaço produtivo seria ampliado e abrangeria a antiga cozinha, mais o antigo refeitório de funcionários e parte do antigo escritório da empresa. Ficou uma cozinha de padrão industrial dentro do pré-requisito de saúde sanitária e com requinte de padrão internacional.

Os funcionários, em maior número agora, tomariam parte em uma medida mais popular, fariam suas refeições juntos aos clientes.

Justamente nesse ponto do projeto, deparei-me com uma dúvida: os clientes não se sentiriam ofendidos ao ter que dividir espaço no refeitório com funcionários que estariam ali para servi-los? Esta, sem dúvida, foi uma questão polêmica. Todavia, na opinião do nosso engenheiro de alimentos, não. Segundo ele, isso iria surtir um efeito benéfico na relação social da empresa. O cliente teria contato com a idoneidade da empresa para com os seus funcionários e isso lhes proporcionaria o sentimento de conforto e segurança.

Quanto ao escritório, este seria automatizado e dependeria de menos espaço físico. Assim, racionalizando os espaços e a utilização deles, encontramos a lógica para um ambiente mais agradável e de melhor proveito.

O cardápio foi reformulado com orientação nutricional, tornando-se menos calórico e composto de mais verduras, legumes e queijos brancos nos sanduíches. Diminuímos a quantidade de sanduíches no cardápio e nos concentramos na qualidade desses produtos.

O projeto ficou pronto! Teoricamente, tudo estava perfeito. Era só aguardar as reformas práticas. E, segundo o arquiteto, as chaves da lanchonete totalmente reformulada seriam entregues em trinta dias. Acertamos a reforma para fevereiro, mês do Carnaval. Eu daria férias coletivas aos funcionários e quando retornássemos, teríamos virado uma página dessa história.

FEVEREIRO

Chegou, enfim, o tão esperado mês de fevereiro.

Quando vi os primeiros golpes de marreta arremessados contra o meu patrimônio, me doeu! Eu me apegara à lanchonete tal como ela era. Tal como a ganhei; cheia de ilusões. Acredito em minhas ilusões porque elas são as minhas verdades. Falo das ilusões da vida. Dos vícios, das virtudes, dos sentimentos, das contradições, dos pensamentos intelectuais, do trabalho e do amor. Essas ilusões vêm atravessando séculos, milênios e alimentando a alma do homem, ora tão profunda em suas abstrações, ora tão real e legítima assim como sou.

As obras de demolição deram início a um processo de destruição calculada, mas, nem por isso, com menos barulho, poeira e entulhos.

Cada martelada era um golpe cravado na história, o entalhe dava-lhe uma nova forma, uma nova vida. Aliás, havia ali o desejo de eliminar todo rancor, todo ressentimento que porventura ainda houvesse em nossas lembranças. Essa história tem origem em uma página de muita dor e sofrimento, a página da Segunda Guerra Mundial, na qual milhões de vidas foram ceifadas, e tantos sonhos, suprimidos. Aqui, já distante no tempo, porém, ainda no fio da história, não nos cabe o lamento. Devemos, sim, nos alegrarmos com a vida e projetarmos nossos sonhos no futuro sob a leveza da paz. Esta paz de que todos falam e que todos querem começa no interior de cada um de nós e passa por nosso caráter, por nossa ambição e nosso respeito aos direitos comuns a todos, se estendendo ao equilíbrio político e à diplomacia universal.

Nos primeiros dias, a lanchonete mais parecia escombros de um tsunami, tudo estava desmantelado. A primeira etapa da obra estava concluída. Tudo que tinha de ir ao chão, lá estava! Por todos os lados viam-se amontoados de escombros.

A segunda etapa da obra se constituiu da limpeza de toda aquela demolição.

Na sexta-feira, véspera do carnaval, todo entulho tinha sido retirado e deu-se início à reconstrução da nova lanchonete. Os primeiros traços da nova estrutura física da empresa já estavam delineados. Porém, os trabalhos cessaram, afinal, era carnaval, e na cidade instalou-se o espírito de festa no lugar do espírito de trabalho.

Era a hora de nos livrarmos do peso que levamos nas costas, livrarmo-nos dos nossos compromissos, de nossas obrigações e de nossas frustrações. Hora de afrouxar o nó da gravata, vestir a fantasia e esquecer quem somos. No Carnaval, nos tornamos personagens de nós mesmos e nos representamos plenos e com um desejo incontido de viver. Viver a liberdade festiva que o nosso coração pede. Queremos respirar livres, ver, olhar em todas as direções e nos reconhecer em tudo que nos sensibiliza. Queremos tocar para sentir e nos convencer de que, embora vivendo uma fantasia, estamos em um mundo real. Queremos ouvir o samba-enredo da nossa escola na boca do povo e tudo que falarem sobre ela na mídia. Queremos ouvir, cantar e sambar na avenida. E despretensiosamente deixar um pouquinho de nós na história do Carnaval.

O Carnaval que se despontava com o esplendor de todas as majestades, trazia uma vida. Uma vida que só se vive com alegria!

— Viva a alegria ao som dos tamborins! Que os foliões se despertem na mais colorida das fantasias! Que o ritmo de todos os carnavais ecoe no coração de nossa gente e que a paz e a felicidade selem mais uma vez essa folia — anunciava um pierrô solitário.

"Sejam bem-vindos os que anseiam por essa desordem de alegrias, em que o belo e o fantástico nos conduzem para um mundo de emoções e prazer. Vamos à festa do rei Momo, dos Pierrôs, dos Arlequins e Colombinas, festa dos Clóvis e Bate-bolas e de todos os que amam o batuque e a folia" dizia o pierrô.

Todas as escolas de samba estavam preparadas para o desfile, cada qual com seu segredo que prometia inovar na avenida e provocar arrepios nos jurados e no público.

A escola de samba do Bené vinha com um enredo que falava de amor.

Amor, uma energia inerente ao bem, ao belo, à paixão e às coisas do coração.

— Não dá para imaginar o ser humano sem o amor. Por isso, o imaginemos repleto de todo amor que houver nessa vida e o queremos assim! Um mundo pleno de amor agride menos! — o pierrô se insinuava para uma linda colombina afro-brasileira que se aproximava.

— Louvemos ao Carnaval e ao encantamento de sua magia! — dizia a colombina.

— Que belo sorriso a África nos deu. Sua gente, mesmo diante da vil condição em que foi trazida ao Brasil e da dor a que foi submetida, ainda assim, nos presenteou com seu canto, sua dança, sua ginga, sua cor e, apesar de tudo, e principalmente, com seu amor. Da África herdamos os sons dos tambores, dos agogôs, dos atabaques e da bela voz negra que no canto carnavalesco se destaca em paixão e ritmo incomparáveis. Tantas boas coisas nos veio da África! Como retribuir a tudo isso, senão pelo amor? Pelo reconhecimento incontestável da contribuição dos costumes africanos na nossa cultura. Declaremos esse amor em uma grande festa, na maior festa que a humanidade já viu — disse o pierrô. — Declaremos de peito aberto, de coração entregue. Declaremos esse amor no carnaval, quando nossa alma está livre e nosso sentimento é festivo. Quando nos vestimos de amor, nos alimentamos de amor e nos revelamos no mais singular dos sentimentos: o amor!

O pierrô e a colombina se tocaram com as pontas dos dedos em um ritual festivo enquanto um arlequim enciumado executava acrobacias.

— Do que é feito o amor? De repente me ocorre esta pergunta, ao lembrar-me da história do escravagismo — continuou a colombina. — Do amor veio toda força que nos fez resistir a séculos de hostilidades. E não apenas resistimos, mas nos tornamos o povo brasileiro com a miscigenação de nossas raças, a mistura de nosso sangue e nossa mente. Bem... Parece-me que o amor é feito do inevitável encontro do homem com o homem, do reconhecimento da pessoa em outrem, do encontro de raças e da união dos povos!

Os três se abraçaram e dançaram alegremente. A colombina se soltou e continuou falando:

— Isso exclusivamente não responde a minha pergunta, mas cria uma expectativa, um fio de esperança, ao fazer perceber que podemos criar o amor a partir da humildade, da entrega pessoal e da aceitação do próximo. O amor não se cria na dominação, mas no espaço e na condição que damos ao outro, para se ajustar a nós com total liberdade de expressão.

O GRITO DE CARNAVAL

A cidade parou subitamente. O comércio, a indústria, a repartição pública, tudo. Só o transporte coletivo funcionava, embora com uma visível depressão. As rodovias de entrada e saída da cidade estavam com trânsito intenso, principalmente as de saída que davam acesso às regiões dos lagos. Eram moradores da cidade que buscavam descanso em lugares paradisíacos, como Araruama, São Pedro d'Aldeia, Cabo frio, Búzios e outros lugares belíssimos da região.

Os hotéis e pousadas da cidade do Rio de Janeiro estavam lotados e os turistas não paravam de chegar. Todos cheios de euforia iam se ajeitando como podiam em casas de amigos, de parentes, ou em qualquer lugar em que pudessem estender um colchão e ter a segurança necessária.

Júlia e Sara estavam vestidas de verde cintilante, eram vestidos muito colados ao corpo. A maquiagem pesada combinava com os cabelos bem presos em um coque e com muito brilho. Estavam divinas! O Bené e eu nos vestimos com sapatilhas e bermudas brancas, camisetas regatas verdes e colares havaianos multicoloridos. Outras pessoas amigas do Bené também vestiam a mesma fantasia e formavam conosco um pequeno bloco. Era o nosso grito de carnaval e, para isso, escolhemos um clube no subúrbio carioca, que, segundo o Bené, era o baile mais autêntico da cidade, frequentado pela velha guarda geral do samba.

— Aqui você vai ver o que tem de mais tradicional nos bailes de carnaval carioca! — disse Bené, apontando para uma figura vestida de preto e estática no meio do salão. Por cima do terno preto, a personagem usava uma capa, um chapéu e óculos escuros. Na mão direita, um tridente vermelho, que era usado como apoio.

A mim, pareceu uma figura assustadora e desarmônica no meio de uma festa em que os tons claros e alegres se destacavam.

— Esse é o Tranca Rua — disse-me, Bené. — A figura de uma entidade espírita, que simboliza a paz no baile. Ele vai ficar aí parado a noite inteira trancando o baile contra a violência e todo tipo de mal. Ele parece uma figura inanimada, no entanto, seus sentidos estão aguçados e cobrem todos os pontos do salão. Assim, ele zela pelo bem-estar de todos os foliões.

Durante todo o tempo que ficamos no baile, observei aquela figura imóvel indiferente ao ritmo frenético de todos em sua volta. É claro que aquilo era uma brincadeira de carnaval, porém, uma brincadeira levada a sério. Assim como todas as pessoas que lotavam o salão, todos mergulhados em suas fantasias, que variavam desde as mais simples, uma fita amarrada na cabeça, às mais elaboradas, que caracterizavam os personagens mais variados possíveis. Aquele baile era um lugar atemporal em que se reuniam figuras, desde um passado remoto à figuras imaginárias e futuristas. Figuras como reis, rainhas, bruxas, fadas, sheiks árabes, fantasmas, super-heróis e muita gente que usava como fantasia apenas a alegria, o prazer em confraternizar, contribuir de forma criativa em uma brincadeira carnavalesca e mostrar de forma fecunda a diversidade da nossa cultura. Júlia estava felicíssima, seus olhos expressavam contentamento e a todo instante me abraçava e exibia para mim um ritmo sensual do samba. Bené e Sara juntos aos demais amigos, sambavam freneticamente sem parar.

A noite pendia vertiginosamente para o amanhecer. Júlia e Sara desfilariam por sua escola horas depois. Logo, elas precisavam descansar e repor energias para se apresentarem no melhor do carnaval, o grande desfile na apoteose do samba.

Foi com certa contrariedade que deixei o baile, ainda em grande atividade. Certamente os bailes nos salões cariocas agregam ao carnaval muita alegria, descontração e força cultural.

NA PASSARELA DO SAMBA

Aproximava-se da meia-noite do sábado quando a escola de samba do Bené entrou na concentração que fica ante ao portal de entrada para a passarela do samba, lugar obrigatório e determinante para que se faça um bom desfile. É na concentração que se ajusta aquele último detalhezinho que faltava na fantasia, na alegoria, e é, principalmente, a hora do aquecimento. Os intérpretes aquecem suas vozes emitindo sons, gemidos, sussurros e gritos em um ritual de ritmo incendiário. A bateria, por sua vez, se eleva ao nível da mais forte emoção e como um vulcão, derrama entusiasmo e euforia por sobre os foliões.

Toda a escola já estava organizada em alas e pronta para o desfile. As emoções estavam a flor da pele.

A avenida, desocupada e limpa. O público estava ansioso para ver, cantar e sambar com sua escola. Era chegada a hora, nada mais faltava para o grande espetáculo. Os corações batiam em um só ritmo, o ritmo da alegria, do prazer, do comprometimento pessoal de cada integrante em realizar não apenas o seu sonho, mas o grande sonho que é o carnaval carioca.

O intérprete pediu silêncio aos integrantes da escola e ao público presente no sambódromo. Com um longo psssiiiu musicado, ele conseguiu um silêncio absoluto. Então, ele soltou aquele famoso grito de exortação: "Chora cavaco!". O cavaco entrou com uma melodia rascante e bela. Em seguida, entraram os tamborins, com seu show à parte. Foi um momento em que meu corpo vibrou e minha mente parou em concordância. O intérprete colocou os primeiros versos, "alguém me contou que nasci do amor, uma linda história de ternura e paixão...". Todo o resto da bateria entrou no ritmo e a emoção contagiou a todos, escola e público. Vi pessoas cantando emocionadas com lágrimas escorrendo dos olhos.

Uma grande salva de fogos anunciou a entrada da escola no sambódromo.

Enfim, entrou na avenida um grande sonho! O maior espetáculo do mundo, trazendo uma linda história para contar. A escola falava de amor, essa grande energia que o homem desenvolveu ao longo dos tempos e que nos acompanha em nossos corações. Uma energia conduzida pelos deuses e que impera no coração humano e em toda natureza, misteriosa força de afinidade universal.

Lá estava a comissão de frente da escola. Eram sete casais totalmente nus. Homens e mulheres lindíssimos, todos de corpos esculturais. Era a representação do amor despido de todo e qualquer preconceito. O amor natural, amor primitivo, sem fronteiras, amor transcendental. Os sete homens de um lado e as sete mulheres do outro. Entre ambos os sexos estava Eros, o deus grego do amor, ou Cupido, para os romanos. Atirando flechas e tornando os casais apaixonados, ele seguia evoluindo na passarela. O homem e a mulher ao serem atingidos pela flecha se encantavam e se atraíam, formando um casal deslumbrante. A coreografia ia ao longo do desfile contando uma história que tinha um final feliz. A comissão se apresentou dando boas-vindas ao público e aos jurados. A coordenação era perfeita, os dançarinos estavam bem sintonizados e desmanchavam em leveza ao saudarem o júri. A dança, que tem um papel importante na evolução do homem, nos levou para além dos limites da nossa consciência. O ritmo e a habilidade dos movimentos compuseram uma coreografia que induzia sutilmente a experimentar a entrega romântica na conquista do amor. O amor dos poetas, dos heróis ou dos simples. Amor que nos leva à construção de uma sociedade ou que se encerra em tragédia. O amor que respiramos estava na passarela e desfilava ao alcance de nossos olhos e nossas emoções. Amor! Amor! Amor! Infinito e transcendente amor!

Em seguida, fluiu na passarela o primeiro casal de mestre-sala e porta-bandeira. Eles vieram com uma belíssima fantasia de pavão. O casal vinha puxando o desfile, trazendo o estandarte e o apresentando a escola. Suas fantasias, nas cores da agremiação, eram geralmente inspiradas em trajes imperiais, com o exagero carnavalesco nas cores e nos enfeites. Ele buscava a atenção dela, fazendo a corte com muita sedução, muita ginga e um bailado elegante que está entre o samba e o balé clássico. Com extrema agilidade, ele passeava no seu entorno, sempre com o contato do olho no olho, sem tocar ou deixar-se ser tocado pelo figurino dela. Ela girava em torno de seu próprio eixo de um lado para outro, fazendo rodar a saia e sempre ostentando a bandeira. Ele, seu eterno guardião, tinha mais liberdade, todavia, seu movimento gracioso tinha o objetivo de chamar a atenção para o estandarte, e não para si. É proibido que os dois deem as costas um para o outro ao mesmo tempo. O casal tinha uma postura elegante e se apresentava para os julgadores demonstrando tranquilidade e confiança.

Após o casal de mestre-sala e porta-bandeira, entrou o carro abre-alas. Uma obra-prima. Lindo!... Lindo!... Uma imensa rosa branca. O branco, que na cultura ocidental simboliza paz, calma, ordem, ternura, compreensão e pureza. A rosa ia mudando de cor, ora azul, ora amarela e, depois, finalmente vermelha. De dentro das pétalas saíam balões coloridos de acordo com a cor da rosa no momento. Quando a rosa estava na cor vermelha, os balões saíam vermelhos da cor da paixão incontida, da adoração e da felicidade. Quando azul, os balões formavam matizes representando a noite e seus mistérios. Assim seguiram mudando de cor por todo o desfile. No centro da rosa estava uma ninfa protetora das rosas e representante da força geradora da fecundidade. Sua coreografia era restrita, porém, seus movimentos eram perfeitos e interagiam com o público e com a escola em completa sintonia.

"O amor que enche um mundo cabe em um coração de paz". Estava escrito em uma faixa na parte de trás do carro alegórico.

O amarelo nos lembra de que apesar da riqueza constante do amor, este também pode ter um fim. É lamentável, mas é verdade!

Esse carro trazia a hegemonia do sentimento humano, suas cores e sua beleza representavam o amor perfeito.

Em seguida, a escola trazia a primavera, um jardim de rosas multicoloridas. Eram três alas consecutivas seguindo a respectiva ordem de cores do carro alegórico anterior. A primeira ala trazia as rosas brancas. Nesse momento, a escola nos convidava a uma reflexão espiritual.

Na sequência, as raríssimas rosas azuis, representando o verdadeiro amor eterno, forte e inabalável, o mistério e o infinito. Antes, consideradas um privilégio dos deuses e impossíveis de serem obtidas, agora se tornaram finalmente realidade para nós, humanos, por meio da engenharia genética.

As rosas vermelhas encheram a passarela de um colorido especial. Era o nosso orgulho desfilando na avenida. Nossos sentimentos, nossos valores e nosso entusiasmo vibrando, dando sentido à nossa existência.

O segundo carro alegórico tinha como tema o vinho. Ele nos contou dos sabores, dos aromas e das cores dessa bebida dos deuses. Predominando o branco, o verde, o rosa e o bordô.

A escola inovou com mais um item jamais empregado no desfile de carnaval, o aroma. O público que vinha acompanhando uma história milenar por meio da visão, da audição e dos sentimentos, como, por exemplo, a emoção, pôde também utilizar o olfato como meio de informação cultural.

Uma essência de vinho surgia borrifada ao longo da passarela. O delicioso aroma se espalhou pela avenida e contagiou a todos nós, nos deixando com água na boca. O cheiro nos levou a um torturante desejo de embriagar. Era como se estivéssemos degustando uma taça de um tinto nobre.

O vinho nos traz o amigo e a verdade, o amor e a saudade. Faz-nos debruçar sobre a alma do mundo e enxergar a aurora da vida. Nele nos encontramos jovens e nos supomos infinitos, porque sabemos que, com ele, está o que de melhor compõe o homem.

Em ocasiões festivas, saboreamos. Bebemos buscando a longevidade. O bom uso desta bebida faz bem para o coração e é remédio para as dores da alma.

Nessa alegoria, a escola exprimiu com clareza o vinho e sua importância na história da humanidade.

No camarote em que estávamos, nossas taças eram servidas com abundância.

Olhei para Bené com sua taça na mão e mal podia acreditar que pessoas simples como ele pudessem fazer algo tão fantástico quanto o que estávamos vendo na passarela. "O carnaval é feito por pessoas simples com grandes ideias", pensei.

Um mundo passava desfilando em nossa frente, cantando, dançando e contando uma história inacreditável de sonho e encanto. Era como se nos levassem aos quatro cantos do mundo para apreciar suas culturas e belezas em épocas diferentes.

A ala seguinte falava do cultivo dos vinhedos. Os integrantes da ala vinham com calças brancas dobradas na altura dos joelhos e pés descalços com pigmentação colorida, lembrando o ritual da pisa. Traziam sobre a cabeça uma videira em época da safra com seus cachos maduros, prontos para a colheita. Em uma das mãos, traziam uma garrafa; na outra, uma taça.

"Agora é hora de beber e amar", lia-se numa faixa.

A escola escolheu um tema difícil e lúdico, porém, os compositores e carnavalescos assimilaram bem a proposta e se debruçaram com veemência na realização da obra de arte.

O terceiro carro alegórico colocou na avenida um coração representando o amor. Havia uma bolha de silicone transparente com uma névoa branca e uma iluminação especial vermelha no seu interior. Tinha um tom de vermelho-claro permanente e outro vermelho de tom mais forte que oscilava, imitando as batidas do coração. Quando o carro estava em frente aos jurados, a bateria parou e toda a escola ficou imóvel, só o coração batendo. Era a vida se manifestando. A nossa própria vida pulsando em um coração tomado pelo amor. Isso ocorreu por alguns segundos e logo voltou ao ritmo do desfile.

Havia, também, a ala das noivas de véus e grinaldas, representando o sonho feminino de se casar e ter na aliança o seu amor conjugal. A eterna busca do acasalamento, da procriação, formação da família e, consequentemente, a perpetuação da espécie.

Os noivos não aparecem nessa ala, porém, sabemos que eles existem e que estão em algum lugar, provavelmente no altar, à espera das amadas.

Em seguida, entrou a ala mirim. As crianças simbolizando o berço da família e o futuro da humanidade, ali representavam a garantia de que as tradições da cultura permaneceriam para sempre. Essas crianças fariam o carnaval do futuro. Eram todas crianças da comunidade. A ala mirim é pura, são crianças representando meninos, com suas saudosas brincadeiras de roda. A alegria inocente e o sorriso franco não deixavam dúvidas, neles estavam as raízes, a essência do samba, a renovação, a escola que se projetava para o futuro.

A ala evoluiu com leveza e muita lucidez. As brincadeiras de roda apareceram em movimentos circulares. Os círculos se desfaziam e voltavam a se formar, em uma coreografia leve, de fácil execução. Assim seguiram brincando até completar o desfile.

Logo após as crianças, foi a vez da experiência.

Fundada por antigos integrantes da escola de samba, a velha guarda era a história viva preservada na memória de cada um desses velhos bamba. Guardiões do patrimônio cultural de sua escola e profundos conhecedores do carnaval. Havia entre eles músicos, compositores e intérpretes, personalidades que se destacavam na consolidação do samba carioca. Eram homens e mulheres que nasceram e se criaram no samba. A senhora Brirda, mãe do Bené, desfilava nessa ala. Ela, que passou pela ala mirim, foi passista e madrinha de bateria, hoje desfila na ala da velha guarda orgulhosa de sua história. Só quem olhou nos olhos da senhora Brirda pôde ver sua alma transbordando de felicidade. Seu olhar era o de um pássaro em pleno voo descrevendo a liberdade. Se um pintor decidisse pintar seu retrato naquela hora, ele certamente capturaria sua mais profunda essência, todo seu brilho de vida. O prazer desses senhores ia muito além da vaidade. Para eles, apresentarem-se juntos em sua escola é essencial, uma questão de honra e autoestima. Afinal, é uma vida em função do carnaval. Cada dia foi uma doação pessoal para a história. E ninguém se arrepende de ter sido assim. Se tivessem que viver novamente dessa forma, não mudariam nada, repetiriam tudo do início ao fim. A respeitabilidade da velha guarda traz o peso psicológico para a escola.

O carro Sagração a Afrodite, deusa grega da beleza e do amor, trazia várias mulheres bonitas destacando todo o encanto e a sensualidade da mulher brasileira. Esse carro atraiu o olhar e a atenção de todos nós, pela generosidade e perfeição dessas mulheres, que traziam a simbologia e o apelo à sexualidade em suas formas.

Como rainha da bateria, Júlia vinha encantando na passarela. De salto alto, um biquíni minúsculo e uma plumagem que lembrava um pássaro, ela veio com seu tamborim e sua baqueta acompanhando o ritmo alucinante da bateria.

O grande sonho de Júlia sempre foi esse. Ela sempre quis estar ali, reinando absoluta à frente de seus súditos, ditando o ritmo da escola. Isso passou a ser para Júlia um motivo de grande prazer não apenas enquanto desfila, no momento da celebridade, mas no dia a dia de sua vida. Júlia passou o ano inteiro se preparando física e psicologicamente para esse desfile. Ela ama o carnaval, por isso se dedica com tanto prazer. É esse orgulho, esse prazer e muito amor que ela traz para a avenida. Seu brilho contagia a bateria que, por sua vez, explode levando brilho a toda escola.

Como a bateria vinha no meio do desfile e tinha que ser a última a sair na dispersão, fez-se um recuo às margens da passarela para que todo o resto da escola passasse à sua frente. Depois de passar toda a alegoria, então, a bateria voltou à passarela e completou o desfile. Os últimos a se dispersarem foram os intérpretes.

Após sair na dispersão e atender a alguns repórteres, Júlia veio para o nosso camarote. Ela estava exausta, lavada em suor, com os pés feridos pelos calçados, bolhas nas mãos causadas pelo atrito com o tamborim e pequenos hematomas nas costas, provocados pelas alças da alegoria. Ainda assim, estava radiante e eufórica, querendo saber do ponto de vista de quem assistiu se tinha se saído bem e se a escola tinha comovido a opinião de todos. Depois de meia-hora e muita conversa com um e outro, o cansaço, a moleza tomou conta de seu corpo. Era hora de ir para casa repor as energias, mais uma vez, aguardar o desfile das outras escolas e, finalmente, o resultado da competição.

Na quarta-feira de cinzas, Júlia, Bené, eu e uma multidão fomos à quadra da escola para aguardar a apuração dos votos dos jurados. O nervosismo e a apreensão iam ao pico quando o locutor pegava a ficha de resultados para ler a nota de cada quesito. O alívio era imediato ao ouvir a nota máxima que vinha em sequência, quesito após quesito. No quesito bateria, um dos jurados deu um ponto a menos e toda a escola abriu uma vaia estrondosa, porém, sabendo-se que aquele pontinho não tiraria o mérito da escola de vencer esse carnaval. Ao longo de algumas horas, sob forte pressão das escolas adversárias, a ansiedade e o calor inexorável, finalmente o resultado: a escola foi proclamada campeã.

A NOVA LANCHONETE

Passado o carnaval, voltaram com toda força e vigor as reformas na lanchonete. Trabalhando em ritmo acelerado e virando as noites, foi possível repor o tempo perdido com o carnaval e voltar ao cronograma da obra. Em poucos dias, conforme o previsto, a obra foi concluída.

Chegou, enfim, a hora de reinaugurar a tão esperada lanchonete da Praça Sans Peña. "Água de Coco". Esse nome trazia a imagem e tradição de uma lanchonete que conquistou a confiança e fidelidade dos moradores do bairro e de pessoas que atravessavam a cidade em busca da qualidade, empatia e habilidade no atendimento.

Acordei nesse dia o mais cedo que pude. Entrei na nova loja com o pé direito e fiquei horas me concentrando até o momento de abrir as portas.

Era necessário buscar o centro das minhas convicções, e isso só encontramos na solidão, quando nos deparamos com emoções saudáveis. Na paz e no conforto espiritual é onde estão a serenidade e a calma. Sentia-me com a tranquilidade plácida de um lago e a firmeza de uma rocha. Eu estava dentro daquele processo de transformação e também me modificava à medida que meus sonhos iam se materializando. Quando tornamos nossos sonhos realidade, percebemos que o mundo em nossa volta se move agregando valores aos nossos atos. Isso porque há uma imensidão de espaços vazios à espera de serem preenchidos, e tornamos visível o que está na invisibilidade. Mas, para isso, é preciso coragem e ação. A coragem é uma energia que move o mundo. Se lançarem o olhar sobre a história, verão, em todos os grandes feitos do homem, sobretudo, a coragem. A habilidade de confrontar o medo, o desconhecido, a incerteza e vencer desafios tem atribuído a muitas pessoas um diferencial na vida. Para exercitar a coragem, não é preciso estufar o peito e falar alto ou sair por aí desafiando o perigo! Basta centrar-se em suas convicções com confiança em ato contínuo. "Criar desafios. Construir escalas. Enfrentar sistemas". São frases que aludem ao corajoso e identificam a ação.

O motivo que me fazia confiar no sucesso vinha da coragem que brotava de minha fé e me fazia viver e vencer desafios. Entretanto, o que nos torna fortes é um conjunto de medidas e precauções preestabelecidas. Aliadas às minhas determinações estavam a qualidade e a competência do quadro de funcionários que formavam a base do meu negócio. Com a assessoria de pessoas qualificadas e confiáveis, eu me tornava mais forte.

Pouco antes de abrir as portas ao público, reuni todos os funcionários para um grito de guerra. Fizemos um Pai Nosso aos berros, não em desrespeito à oração, mas para exorcizar a tenacidade que pudesse haver em cada um de nós. Escolhemos o Pai Nosso por ser uma oração ecumênica e de domínio de todos. Em meio à animosidade e entusiasmo, pude ver em seus olhos o brilho da satisfação. O ego preenchido de contentamento. A reforma não foi apenas na lanchonete, mas, também, em cada um de nós. Todos estavam orientados e capacitados para se dedicarem fielmente ao trabalho com leveza e prazer.

Ergui, então, as portas!

Os primeiros clientes adentraram a loja e todos tinham um olhar curioso que passeava pelos cantos dos olhos. Beleza, simplesmente, não! O conforto e o frescor no interior da loja, aliados ao simpático atendimento, tornavam o ambiente mais agradável. Durante todo o dia os clientes entraram e se alimentaram tranquilamente, visitaram o departamento de conveniências e saíram levando consigo algum produto junto à satisfação.

No dia seguinte, repetiu-se a evidencia do sucesso. Era crescente a frequência dos clientes que voltavam trazendo um amigo ou sua família para desfrutar dos sabores e do ambiente. Por três meses, observei com grande entusiasmo o aumento nos negócios. Era a consolidação das inovações que ousei fazer e que agradaram a todos.

O departamento de conveniências superou todas as expectativas. Todos os dias chegavam caixas e mais caixas de mercadorias para reposição de estoque. Isso porque passei a ouvir os clientes e a anotar o que eles pediam e não havia na loja. Em pouco tempo, eu estava com uma lista grande de produtos que jamais pensei que poderiam ser vendidos ali. Fui selecionando aqueles que mais se ajustavam ao tipo de negócio e adicionando-os aos poucos no estoque. O bom comerciante dá ouvidos aos seus clientes, pois são eles que impulsionam a ciranda do seu negócio.

O conjunto de normas que conduz o funcionamento e traz consistência para o negócio deve estar alinhado ao interesse do cliente. Produtos de qualidade de fornecedores confiáveis também ajudam a gerar uma boa imagem da empresa. O cliente quer pegar o produto na prateleira e não ter que se preocupar com sua qualidade, pois sabe que este já passou por uma triagem. O bom produto é aquele que traz, além do conteúdo, a confiabilidade.

Ademais, implantei o esforço como sistema de conquista e manutenção da confiança e fidelidade do cliente. Temos que nos colocar no lugar do cliente, pensar como ele, compreender seus valores e motivações e suprir suas necessidades superando suas expectativas.

Hoje, minha empresa é diferenciada no mercado, porque inaugurei não apenas uma loja, mas, também, um estilo novo no comércio. Negócio é assim: primeiro, temos o vislumbre; em seguida, devemos ter o planejamento e a coragem para investir; depois, o próprio negócio vai norteando o futuro. É só estar atento aos anseios dos clientes, que eles dão as dicas do quê, quando e como mudar.

O COMPROMETIMENTO COM O NEGÓCIO

Deleguei ao Bené o cargo de diretor de logística. A ele cabia a responsabilidade de encontrar um novo ponto comercial, instalar uma nova loja e fazê-la funcionar. Ele agiu surpreendentemente demonstrando habilidade e capacidade administrativa. Bené assumiu uma postura profissional que não se permitia relaxar, nem mesmo quando buscávamos a descontração. Ele se explicava dizendo que jamais ganhara tanto dinheiro. Estava satisfeito no trabalho, seu padrão de vida mudara muito com o salário de diretor. Comprou apartamento, carro novo e pediu Sara, sua noiva, em casamento. Ela aceitou o convite, evidentemente, porém, a data para regularizar sua união civil haveria de ser antes de dezembro, quando pretendiam viajar em passeio pelo Caribe. Concordaram e assim o fizeram.

Bené tornou-se um excelente executivo, o que já era de se esperar. Seu forte caráter, aliado a sua capacidade de se comprometer, tornaram-no um nobre administrador.

Com entusiasmo e sabedoria, ele foi chamando para si a responsabilidade na execução do plano de ampliação da empresa. Ele próprio encontrou em um shopping da zona sul carioca uma loja que estaria à venda assim que a proprietária voltasse de viagem. Era uma pequena loja, uma doçaria na praça de alimentação do shopping. Bené viu naquele espaço uma grande oportunidade de negócio. Viu ali um excelente ponto para o nosso estilo comercial. A loja situava-se no início da praça de alimentação, próxima a um corredor com cinema, livrarias e lojas esportivas. Bené ficou indócil, teve medo de perder aquela oportunidade. Só se acalmou depois que falou por telefone com a proprietária e pediu-lhe prioridade na negociação.

Logo que chegou de viagem, a proprietária ligou para Bené. Após uma vistoria na loja, de acordo com as possibilidades que o negócio oferecia, sentamos ali mesmo na praça de alimentação para cuidar dos interesses comuns às partes. O preço pedido estava um pouco acima do nosso orçamento, no entanto, propomos pagamento à vista, no limite da nossa avaliação. Houve uma leve resistência por parte da proprietária, que acabou cedendo. Negociamos, então, a primeira loja do plano. Com uma pequena reforma na fachada e no interior e a instalação de prateleiras, balcões e utensílios, a loja estava pronta para alavancar uma sequência que comporia uma rede.

Depois que inauguramos a primeira filial, tudo ficou mais fácil. Chegamos a inaugurar duas lojas por semana. O ritmo de trabalho foi exaustivo. Simultaneamente, tivemos que administrar o negócio preestabelecido, encontrar e negociar um novo ponto, reformar e instalar uma nova loja, além de recrutar funcionários e cuidar de toda documentação legal. Segundo o nosso gerente de recursos humanos, já contamos com mais de cem funcionários para atender da melhor maneira possível o nosso público interno nas diversas situações em que somos necessitados, desde refeições rápidas até a realização de eventos.

A cada dia eu estava mais comprometido e mais me aprofundava na consolidação da minha empresa. Eu não via, não pensava e não fazia outra coisa senão buscar meios de atingir a meta de negócios. E, assim, atingimos em tempo recorde o limite preestabelecido para seu crescimento. Inauguramos a vigésima loja. Não por acaso escolhemos estabelecer a nossa última loja do projeto na Rua da Carioca. É que além de estar próximo do centro financeiro da cidade, ali é também ponto de convergência entre zonas norte e sul. É um ponto estratégico para atender a uma clientela expressa que não tem muito tempo para as refeições no decorrer do dia.

Em cada nova loja que abríamos, aumentava meu trabalho e ocupava mais o meu tempo. Dia após dia eu saía de casa antes do nascer do sol e retornava pouco antes da meia-noite. Minha presença se fazia indispensável em tudo e a todo momento. Eu percorria a cidade visitando todas as minhas lojas, dando apoio aos gerentes e supervisores. Voltava ao escritório e pela internet verificava o movimento no caixa de cada uma das lojas. Assim acompanhava o resultado diário e podia comparar a receita entre as lojas.

Tornamo-nos dependentes do capitalismo à medida que este nos proporcionou resultados satisfatórios. E, alimentados pela força e poder econômico, desejamos mais e cada vez mais como em uma espiral. Estendemos nossos limites e desafiamos nossas capacidades, como se fôssemos super-heróis.

Nesse sistema fundamentalmente lucrativo, temos duas opções: acumularmos valores e fazer fortuna ou cair no precipício e desaparecer no abismo. Escolhi a primeira opção quando ganhei a lanchonete e aceitei as condições do negócio. Porém, nada é absolutamente de graça. Neste caso, o preço que paguei em esforço pessoal e responsabilidade foi superior ao preço que pagaria em uma transação convencional. O compromisso moral de tornar a lanchonete um negócio de sucesso me absorveu por inteiro. Eu não podia deixar morrer em minhas mãos uma história tão bonita e tão forte, que trazia em sua forma e no seu contexto todo vigor da alma humana. Uma história de superação, de sonhos e de fé.

Por todo o tempo em que estive envolvido no desenvolvimento da empresa, fiquei afastado dos meus amigos. Afastei-me involuntariamente. Via o Bené todos os dias, não como um amigo, mas como um parceiro no trabalho, alguém a quem eu cobrava produção, atuação e resultados. Quando saíamos para jantar, na tentativa de nos aproximarmos, nos surpreendemos com um esforço mútuo de nos sentirmos naturais, como antes na nossa amizade. A última vez em que estivemos juntos, perguntei pelo seu trabalho na composição de sambas. Ele respondeu sem muito entusiasmo que continua compondo, mas que a carreira lhe parecia ilusória. Perguntei por dona Brirda, sua mãe. Ele disse que estava bem, porém, chateada por eu não ter aparecido mais em sua casa. Pedi que lhe dissesse que eu ia visitá-la em breve.

Há um provérbio bíblico que diz: "Todo caminho do homem é reto aos seus olhos; mas o senhor pesa os corações".

Se me afastei do que eu era, não foi por mal. Julgo ter feito o certo! Para atuar em profundidade, mergulhei por níveis gravitacionais, atraído pelo meu próprio destino. Lamento ter me afastado dos amigos. Foi pela amizade que cheguei até aqui. Peço que avaliem os meus atos e reconsiderem meu coração. Pois, no meu íntimo, jamais deixei de ser quem sou. As forças da absorção inerente ao compromisso profissional levaram-me a atitudes relativamente egoístas. Contudo, isso era apenas no campo profissional, onde se estabeleceu um jogo no qual eu jogava para ganhar... e estava ganhando. Mesmo tendo movimentado cifras na casa dos milhões em pouquíssimo tempo e acumulado uma fortuna considerável, permaneci modesto em meus hábitos pessoais. Mesmo sabendo que a sorte é um bem imaterial, aprendi a lidar com ela e a deixo desenhar os meus dias. Estou neste mundo não pela causa do capital, mas por outra causa que ignoro. Embora tendo todos os sinais em meu coração, minha alma ainda tateia buscando respostas. Tenho esperanças infinitas de um mundo melhor para toda a humanidade. E essa esperança parte do meu coração, levando consigo a nobreza do comprometimento e o gene do equilíbrio, precursor de uma melhor estrutura humanitária.

Eu via minha atuação à frente dos negócios como uma missão. Uma missão que ia além de um nome, estatuto ou produto. Uma missão que se determinava como razão da minha existência e da minha interação com o mundo.

De uma oportunidade criei um universo, um pequeno universo que abrigava sonhos, desejos, oportunidades e realizações. Na significância da vida, isso faz muito sentido, pois agrega condições de trabalho e princípios de cidadania a muita gente. Pessoas que se aliaram a mim por sobrevivência ou por questões sociais, e que somaram forças, toda força de que eu precisava.

A prática do bem comum é um pensamento que defendo e que parte do núcleo central da empresa, visando à ética e qualidade de vida de seus funcionários e da sociedade como um todo. E encontra respaldo no propósito de contribuir de forma objetiva para a construção de uma sociedade mais humana, engajada e feliz.

Com a força dos amigos e minha determinação, atingimos nosso objetivo, que se fez cumprir em tempo recorde. Em menos de um ano, estabelecemos a primeira meta de crescimento da empresa. As vinte lojas filiais, assim como a matriz, eram um grande sucesso. Meu primeiro compromisso foi realizado. Eu estava suavizado do exaustivo exercício da construção. Todavia, em parte, porque novas ideias surgiram e tornaram-se projetos que seriam exercidos ao seu tempo.

Depois de uma luta acirrada, encontrei espaço para me livrar temporariamente dos meus negócios. Então, voltei aos amigos, um pouco mais centrado, mais maduro e com uma visão mais ampliada da amizade.

O LEGADO

Minha próxima meta foi negociar a compra de um imóvel na comunidade do Cantagalo, morro pacificado da zona sul do Rio de Janeiro. Fazia já algum tempo que eu vinha buscando um modo de restituir parte do legado que me foi confiado. Até que um dia ouvi o comentário de um dos meus funcionários. Ele dizia que um morador do morro tencionava deixar a comunidade. Por isso estava vendendo o barraco em que morava, a qualquer preço.

Não pude deixar de ouvir a conversa. E logo me interessei pelo negócio. Pedi ao funcionário que me expusesse à informação. Logo que ele começou a falar, uma ideia me veio à cabeça: pensei em comprar o barraco e doá-lo a alguma família da comunidade que necessitasse de um teto. E fiquei fascinado com a ideia. Por alguns dias, levei comigo esse nobre pensamento de poder ajudar uma família que eu não conhecia, sequer sabia de sua existência. Entretanto, já vislumbrava a grandeza do feito.

Em um domingo de sol, ainda pela manhã decidi conhecer a comunidade e o tal barraco. Júlia ficou apavorada com a ideia, ela achava que lá não era lugar para mim. Ela tinha uma opinião mal formada sobre os morros cariocas, achava perigoso, de difícil acesso e que a comunidade não estava preparada para a inserção de um forasteiro cujos objetivos eles desconheciam. Para afastar de vez a ideia de repulsa que Júlia tinha sobre aquela gente, pedi-lhe que me acompanhasse na expedição. Nosso guia seria o próprio funcionário que me trouxe a ideia. Conceituado e profundo conhecedor da comunidade, ele nos mostraria cada palmo do morro e de sua história.

Quando chegamos à encosta do morro, encontramos uma densa movimentação. Gente que subia e descia as íngremes escadarias de acesso à comunidade. Pessoas desciam com trajes de banho e se encaminhavam à praia de Copacabana ou Ipanema, ambas a poucos quarteirões dali. Outros subiam com sacolas de supermercado cheias de produtos alimentares. Crianças sobre as lajes dos barracos soltavam pipas que coloriam o céu. A música surgia de vários pontos, vinha do interior alegre dos barracos com uma variedade de ritmos musicais, formando uma trama sonora predominada pelo samba no mais puro ritmo carioca.

No início da ladeira, passamos por algumas pousadas com tímidos cartazes nas fachadas anunciando pernoites com café da manhã por preços módicos. Turistas fascinados em um mundo diferente bebiam cervejas junto aos moradores do lugar em biroscas à beira do caminho. A paisagem urbana na contramão da ordem oferecia ao visitante um cenário único em todo o mundo. Subimos mais alguns metros e nossa expedição alcançou, enfim, seu objetivo. Chegamos ao ponto mais alto do morro, de onde se via toda a comunidade estendida aos nossos pés.

O ocre e cinza que estabelecem um padrão cromático nas favelas vem das paredes erguidas com tijolos à vista, e das lajes nuas expostas às intempéries da natureza. A disposição arquitetônica segue o plano irregular do solo. Pequenas casas encravadas nas rochas ou sobre depressões se entrelaçam em uma ordem de modesto alinhamento racional, formando vielas ou becos por onde circula a população.

Alheia ao descaso social, a comunidade produz e conserva sua própria expressão. Aquela gente tem um comportamento próprio na maneira de se vestir, de falar e de ver a vida. Vive uma realidade que, embora marcada por décadas de violência e o olhar cego do estado, ainda a faz crer na justiça igualitária. Ali vive um povo que faz da amizade, da alegria e do afeto uma força que está no inconsciente coletivo das favelas. Uma forma de se imunizar contra as inúmeras dificuldades encontradas a partir do primeiro degrau da ladeira e que leva ao isolamento e à tenacidade do lugar.

Ali, no alto do morro, estava o nosso barraco, bem ao lado de uma pequena pousada desativada. Era um barraco como outro qualquer; uma estrutura de dois andares com cômodos pequenos e sem acabamento externo. A divisa entre este e outros barracos era muito próxima e confusa. O limite de território era quase que imaginário. Entretanto, havia uma conformidade e respeito que orientavam a prática da boa vizinhança.

O barraco que ainda era habitado pelos proprietários parecia higiênico. Transparecia ali um forte desejo de enriquecer o precário. Prova de um espírito assente e de luta contra a escassa economia que assola aquela gente.

A vista panorâmica era deslumbrante. Júlia ficou extasiada com tanta beleza. As lajes dos barracos formavam mirantes com perspectivas de tirar o fôlego. De onde se contemplava, a leste, o nascer do sol, com todas as energias vibrantes sobre Copacabana. Ao fundo, o mar, e em último plano, formando a linha do horizonte, via-se as terras de Niterói. A oeste, o paraíso nos envolvia em uma magia descomunal e nos levava sobre a lagoa Rodrigo de Freitas. O pôr do sol sobre as montanhas azuis dos Dois Irmãos e a pedra da Gávea era um acontecimento que nos assombrava e nos seduzia. Mergulhamos encantados em nosso silêncio interior e experimentamos da vontade de nos petrificar ali, naquele instante, junto da natureza. As montanhas acolheram o sol que desceu alegre, irradiante, transformando em silhueta o prático e em cores o imaterial.

O proprietário do barraco disse-me que estava negociando com um gringo o barraco e a pousada desativada ao lado. O gringo queria reativar a pousada e torná-la um ponto de encontro para turistas estrangeiros. Tinham até combinado preço e condições de pagamento, mas o tal gringo não aparecera para firmar o negócio.

Aquela informação veio como uma explosão em minha mente! Era como se a última peça de um quebra-cabeça estivesse se encaixando. Olhei em volta, tentando visualizar uma pousada no alto do morro de frente para uma das mais belas paisagens que já vi.

Júlia olhou-me tentando adivinhar o que se passava em minha mente.

Eu mesmo não sabia, muitas ideias se passavam, mas uma ia ficando, e cada vez mais clara e fecunda. Pensei em uma pousada com capacidade para trinta hóspedes. Obviamente, aquele barraco não tinha estrutura nem espaço adequado para comportar uma pousada. Precisaria mexer nas bases, fortificar as estruturas e ampliar os espaços. Criar um ambiente aconchegante e higiênico, contudo, sem mexer na estética da favela.

Bem, eu estava diante de mais um desafio! O projeto já estava se formando em minha cabeça. Caminhos se delineavam rumo ao desconhecido, ao inabitado, ao vasto precipício dos sonhos. Era grande a atividade imaginária que borbulhava minhas ideias. A minha fértil imaginação já previa mentes relevantes de todo planeta que passam pelo Rio de Janeiro, buscando a singularidade de nossa hospedaria.

— Janelas do céu! — exclamei.

— O que disse? — Júlia quis saber.

— Deixei escapar um pensamento. Estou imaginando uma pousada aqui, com o nome: Janelas do céu!

Júlia olhou-me em silêncio. Depois de um breve tempo, porém, suficiente para compreender os meus pensamentos, voltou-se para a paisagem e continuou em silêncio. Ela também passara a imaginar.

Teríamos um serviço de pacotes fechados com agências de viagem de todo o mundo. A pousada seria simples e confortável, própria para ambientalistas, estudantes, seminaristas e pessoas de livre-arbítrio que buscam o mundo contemporâneo no incomum urbano.

Com este projeto, eu estaria levando para a comunidade não apenas o investimento financeiro, mas, também, a valorização social e humana.

O proprietário passou-me o valor de suas propriedades. Eu não fazia ideia da cotação de um imóvel naquela região, mas, concordei por duas causas. Primeira: eu estava decidido a comprá-lo por motivos pessoais. Segunda: porque eu tinha um plano para o destino daquela família. Contudo, pedi-lhe um tempo para analisar a viabilidade legal do empreendimento.

Deixei o morro certo de que ali, em breve, estaria funcionando um ponto de apoio turístico que melhoraria a condição socioeconômica do lugar e renderia à cidade do Rio de Janeiro uma célula benéfica no plano cívico de ocupação das favelas.

Três dias depois, subi o morro acompanhado por Bené e pelo Marcos, arquiteto responsável pelas reformas nas minhas lojas. A intenção era um olhar técnico para projeção de custos e estudo urbanístico. Porém, a opinião profissional atenuou minha visão romântica dos fatos. O arquiteto apurou que o custo da obra seria muito elevado para um investimento de risco. A propriedade não tinha documentação legal, o que traria transtorno para viabilizar a obra. Tanto o arquiteto quanto o Bené tentaram me demover da ideia de prosseguir com o projeto. Aconselharam-me a esperar pelas obras de investimento social do Estado. Pela melhoria na infraestrutura e pelo momento certo de entrada da iniciativa privada na favela.

Aquela prospecção, por um instante, ofuscou o brilho de meus olhos. Olhei para o proprietário que, em silêncio, participava da sondagem. Ele também estava decepcionado.

O que fazer, então? A decisão era minha. Eu tinha o poder de continuar ou desistir. Se desistisse, estaria me omitindo a uma oportunidade de tornar melhor o mundo em que vivemos. Se continuasse, eu estaria me inserindo em um mundo de problemas que clamam por soluções urgentes.

Pedi licença ao grupo e afastei-me para uma breve reflexão. Subi até a laje do barraco e olhei para toda aquela paisagem! E como em um passe de mágica, mais uma vez, a epopeia tomou conta de mim. Vi inspiração nas cores, nas formas e no ar. Senti em meu coração um forte desejo de prosseguir com o projeto. Eu tinha um compromisso e esse investimento faria parte de um ajuste moral nos meus negócios.

Fiquei de frente para o sol, fechei os olhos e deixei a luz visitar meu ser. Uma luminosidade incandescente tomou conta de meus pensamentos. Absorvi sua energia, senti a pele arder, todo meu corpo se aqueceu. Então, busquei o abrigo da sombra e aguardei a lucidez apolínea, a clareza das ideias práticas. Ao sentir-me seguro e decidido, voltei ao grupo e anunciei a decisão.

— Vamos antecipar ao estado e à iniciativa privada — disse ao arquiteto. — Pode dar início ao seu trabalho.

— Compro seus dois barracos — ofertou ao proprietário —, desde que concorde em fazer a escritura pública do imóvel em seu nome.

— A escritura não precisa ser feita no nome dele! Ela pode sair direto no seu nome — disse-me Bené, tentando consertar o que parecia errado.

— Sim, mas quero que façam no nome dele.

— Podemos evitar o duplo trabalho de fazer a escritura no nome dele, e depois transferir para seu nome — insistiu Bené.

— O processo de regularização fundiária é lento e há muitos entraves legais e burocráticos para efetivar a titulação da propriedade. Porém, se a iniciativa partir do antigo proprietário, o órgão público entenderá como prioridade, levando em conta o interesse do estado em regularizar as responsabilidades públicas na favela — proferiu com muita autonomia o arquiteto. — Assim, teremos mais agilidade no processo.

O proprietário, mesmo sem compreender a real intenção dos fatos, aceitou a proposta.

Bené e o proprietário ficaram encarregados do procedimento legal de escrituração junto ao cartório de registro de imóveis e das devidas licenças para o funcionamento da pousada.

Averiguadas as medidas e os planos, o arquiteto chamou minha atenção para a insolação do lugar. A pousada receberia sol o dia inteiro.

— Podemos economizar energia colocando sobre o teto um painel de energia solar — propôs o arquiteto.

Eu nada sabia a respeito de energia solar. Tinha apenas uma vaga ideia. Quando eu viajava para o litoral, via sobre os telhados das casas de veraneio, painéis solares e diziam que aquilo era energia solar.

— A energia solar é uma fonte de energia limpa e renovável, não polui o meio ambiente e não acaba — completou o arquiteto.

Fiquei muito entusiasmado com essa informação que acrescia ao projeto força e solidez. Eu confiava na competência profissional do arquiteto e deixei em suas mãos toda a responsabilidade da concepção, desenvolvimento e gestão da obra.

Projetamos uma estimativa de custo e tempo dentro de um cronograma acelerado. Tudo ficou acertado. Eu tinha pressa de ver a pousada pronta e funcionando.

Dois dias depois, o arquiteto apresentou-me à planta baixa, bem como todos os projetos complementares.

Levando em conta o histórico do lugar e com uma breve desconfiança na estabilidade da segurança futura, ele apresentou um desenho de paredes laterais duplas com espessura acima do padrão convencional e camada térmica isolante. Nos detalhes, apresentou a tão esperada placa de energia solar, nesse caso, apenas para aquecimento de água. Outro detalhe que ele trabalhou com especial atenção: as janelas, todas com excelente ângulo de visão. Remetendo o hóspede à sensibilidade perante uma vista panorâmica de cartão-postal.

No dia seguinte, materiais começaram a subir o morro.

Os chapas são homens que transportam para cima do morro, nas próprias costas, o material para a construção dos barracos. Móveis e qualquer coisa que tenha que ser levado até o alto. Já que carros e outros meios de transporte não têm acesso ao alto do morro. Eles vivem disso, não têm outra ocupação. Essa modalidade foi criada por homens foragidos da justiça, fugitivos de presídios que ali se escondiam e jamais desciam do morro. Sabiam que lá tinham a proteção do crime organizado e que dificilmente seriam pegos pela polícia. Esses homens têm a consideração dos moradores, pois, sem eles, as coisas seriam mais difíceis na comunidade.

Decidi que voltaria ao morro só quando a pousada estivesse pronta. E me fiz cumprir a determinação. Apesar de curioso e desejando ver o andamento da obra, mantive-me distante. Aguardei o resultado final para que a primeira impressão ficasse para sempre límpida em minha mente.

Dois meses depois, voltei ao morro, dessa vez com Júlia, Bené, Sarah, alguns amigos, autoridades da segurança pública e do turismo da cidade do Rio de Janeiro e alguns jornalistas. Todos admiraram o propósito da iniciativa e ficaram seduzidos pelo encanto da pousada. A hospedaria tem no seu interior um conforto quase que pendendo para o luxo. No térreo, há uma pequena sala de convivência com poltronas confortáveis, TV e computador com internet. Um salão para o café da manhã, uma cozinha e uma área de serviço. Nos dois pavimentos acima ficam os quartos de hóspedes, e na laje com paredes de vidro está o café-arte.

— Não podia ser melhor! — exclamou um jornalista alemão que fez questão de ser o primeiro hóspede da pousada.

Espremido em meio a muita gente, decidi fazer um breve discurso de agradecimentos. Na verdade, o discurso escondia uma surpresa. Após agradecer a todos da comunidade, às autoridades e aos jornalistas, chamei para junto de mim uma pessoa a quem eu tive o prazer, a honra de estender parte do legado.

— O senhor Luiz de Assis, ex-proprietário do barraco e verdadeiro dono da ideia de trazer para o morro uma pousada. Um ponto de apoio ao turismo. Este cidadão carioca, respeitável e importante na sua comunidade, gente boa, que estava saindo da favela por falta de recursos financeiros e humanos. Por falta de um ambiente sustentável para sua vida e de sua família. Um homem que por muitos anos esperou por melhorias e investimento na comunidade, mas que perdeu as esperanças. Não sabia o senhor Luiz que o destino estava tramando uma surpresa para ele. Quando este homem e sua família se aprontavam para sair do morro, deixar a favela, seu destino começava a mudar, a urdir sua sorte.

Hoje, aqui, se encontram porta-vozes do estado e do município que vieram trazer boas notícias de investimentos do governo em infraestrutura na sua comunidade.

Isso significa que o senhor Luiz não precisa mais deixar o morro e se aventurar por outras bandas. Aqui é o seu lugar, aqui estão suas raízes e ele deve ficar aqui junto à sua gente.

E a surpresa maior trago aqui em minhas mãos! — Levantei as chaves da pousada. — A partir de agora, o senhor Luiz e família serão os donos da mais bela pousada do Rio de Janeiro. — Entreguei-lhe as chaves da hospedaria.

— Boa sorte, senhor Luiz!

Cumprindo meu papel de cidadão, de responsabilidade social e atendendo a um compromisso profissional, decidi olhar em volta e vi uma mão que pedia socorro. Então, estendi minha mão e ofereci ajuda. No gesto que determinava a grandeza de um evento, encontrei a capacidade de concorrer ao fluxo da vida. Aquela mão que pedia socorro trazia-me a oportunidade que eu buscava e não sabia onde encontrar.

Aqui fica a minha contribuição, uma semente para a árvore da vida.